무지개 끝에서 키스하는 피투성이 아이들

최원종 희곡집 3

무지개 끝에서
키스하는 피투성이 아이들

최원종 희곡집 3

차례

작가의 말

저는 29살까지 살고 싶었습니다…
짐 모리슨처럼, 제니스 조플린처럼, 지미 헨드릭스처럼!
29살까지 삶을 불태우다 재가 돼버린 록스타들처럼
자신이 만든 음악과 함께 생을 최고조로 불태우다 사라지는
삶을 꿈꾸었습니다.
초등학교에 입학한 이후, 세상을 증오했던 만큼 세상을 사랑했고
대학과 군대를 다녀온 이후, 출구를 찾을 수 없는 세상에서
출구를 찾기를 열망했습니다.
다른 인생을 꿈꾸었습니다. 그건 분명 자유로운 인생이었습니다.
29살이 되었을 때
저는 더 이상 음악을 듣지 않게 되었습니다. 음악 대신 글을
쓰고 있었습니다.
짐 모리슨처럼 살고 싶어했던 저는 없어져버렸습니다.
제니스 조플린 같은 연인을 만나 불같은 사랑에 빠지고,
지미 헨드릭스 같은 친구와 목숨을 건 도박을 하고 싶었습니다.
하지만 저는 그런 사랑도 우정도, 스스로 접고, 글을 쓰는 길로
걸어갔습니다.
이제 제게 불타는 사랑은, 목숨을 건 도박은 글이 되었습니다.

저는 어린아이도 아니고, 어른도 아닌 그 경계에서 평생 살아가자고
마음먹었습니다.
29살에, 29살까지만 살자고 했던 저는 죽었습니다.
49살이 되어 저는 29살의 저를 바라봅니다.
어린아이도 아닌 어른도 아닌 삶을 여전히 살아가는 제가 보입니다.

이 작품은 20대 중후반에 썼던 저희 작품들입니다.
쑥스럽고 부끄러워 얼굴이 화끈 달아오릅니다. 하지만 그 시절에
쓰여진 그대로를 남겨둬야겠다는 마음이 들었습니다.
그래서 그대로 두기로 했습니다.

그 시절 제가 좋아했던 작가들을 떠올려봅니다. 저를 작가의 길로
인도했던 작가들입니다.

리처드 브라우티건, 저지 코진스키, 커트 보니것, 토마스 피천,
무라카미 하루키, 무라카미 류, 장정일, 오엔 겐자부로, 이토 준지,
폴 오스터, 밀란 쿤데라⋯

끝으로 49살의 제가, 다시 새롭게 작가로 출발할 수 있게 응원해준
분들께 감사의 말씀을 드리고 싶습니다.
김순옥 최재오 엄마 아빠와 민종 상종 형, 시안 이안 조카들,

아내 이시원 작가와 딸 최여름, 제 딸은 그림을 그리는 걸 좋아하고,
이야기를 만드는 걸 즐거워합니다. 인생 멘토 선생님인
이만희 선생님, 저에게 닥친 고난의 순간마다 저를 되돌아보게 하고
깨우치게 합니다. 차원이(우리의 삶을 차원이동 시키는 스토리) 멤버인
차근호 작가님, 이시원+차근호+최원종은 이제 운명을 함께 하는
창작공동체로서 글을 써나가고 있습니다. 언젠가 '차원이'라는
이름으로 스토리 회사를 만드는 것이 우리 셋의 꿈입니다.

그리고

아주 오랫동안 진심으로 격려해주시고 도움을 주시는
송은하 선생님께 깊이 감사드립니다. 가장 힘들었던 제 인생의
어느 시기를, 선생님을 만나 잘 건너올 수 있었습니다. 쓰러지지
않고 무사히 건너와서 정말 다행이라고 믿고 있습니다.
송은하 선생님을 만나서 다시 글을 쓰고 싶다는 생각을 하게
되었습니다.
짐 모리슨, 제니스 조플린, 지미 헨드릭스 같은 록스타처럼은
글을 쓸 수는 없지만
50살이 되고 60살이 되고, 70살이 되어도 음악을 계속 하고
있을 '메탈리카' 같은 록스타들처럼, 그렇게 글을 쓰고 싶어졌습니다.
선생님을 만나 제 작품들을 좋아하게 됐습니다.

많은 사람들한테 사랑을 받는 작품을 꼭 써보고 싶습니다.
그래서 선생님과 함께 오래오래 사랑받는 작품을 만들어가고
싶습니다.

끝으로
이 희곡집을 출간할 수 있게 소중한 기회를 만들어주신 평민사
이정옥 사장님께 마음 깊이, 감사드립니다.

2023년 11월 16일 내 책상 앞에서

서문

길은 찾는 거라고 생각했다.

길이 없으면 만드는 거라고 생각했다.

길이 보이지 않으면 멈추는 거라고 생각했다.

길은 어딘가에는 있는 거라고 생각했다.

지금 나는 길을 찾지도,

만들지도,

멈춰있지도,

어딘가에 있을 거라는 희망도 품지 않는다.

길이라는 것 자체를…

잊기로 했다.

내가 서 있는 이곳이 내가 찾고자,

만들고자,

멈춰있고자,

그 어딘가라고…

믿기로 했다.

그래서 나는 더 이상 걷지 않는다.

걷는다는 것조차, 잊기로 했다.

추천의 글

• 이현주 •

최원종 작가의 작품은 우선 제목에서 끌립니다. 빨리 읽고 싶은
제목들입니다.
「무지개 끝에서의 키스」,
「안녕, 피투성이 벌레들아」,
「삿포로에서의 윈드서핑」,
「스트라이크 아웃 낫아웃」

코메디인가, 로맨스인가 하며 가볍게 책을 열었다가…
놀랍니다.
실험적이고 잔인하고 파괴적이기 때문입니다.
인물들도 예사롭지 않습니다 : 소년, 소녀, 남자의 다중인격,
피투성이 소년과 소녀…
어리고, 평범하지 않고, 현실과 환상의 경계도 모호합니다.
장소도 불편합니다 : 철거 전 공중전화 박스 앞, 화장실 안, 여관방,
치료실 등.

최원종 작가를 수줍고 내성적이라 봐 온 사람들이라면 당황할 수도
있을 것입니다.

그런데 이런 최 작가의 모습이 좋습니다.
연출이 아닌 작가로 살짝 돌아와
스스로를 놓아주고 풀어주며 자유롭게 날아다니는
그의 예술적 상상력과 창의력을 엿볼 수 있어서
그는 스스로 힘들고 고통스러울 수도 있지만
그 안에서 보석처럼 빛나고 반짝거리며 살아있는
그 만의 언어, 그 만의 세계, 그 만의 통찰력, 그리고 그 만의
희망을 다시 읽을 수 있는 우리는 독자로서 동료로서 희열을 느끼고
감사합니다.

그의 작품은 개인적이지만 세계적이고 보편적이기도 합니다.
대한민국의 현재를 알고 싶어 하는 TV에서 보는 한국보다
조금 더 인류학적이고 사회학적인 시각에서
사람들의 삶을 깊이 들여다보고 연구하고 싶어 하는 일반인, 학자,
독자들이
우리 생각보다도 더 많이 있거든요.
그리고 그들에게 연극작품은 진지하고 의미 있는 통로이지요.
한국인들의 삶, 특히, 청소년과 젊은이들이 처해있는 삶,
그 내면의 복합적인 심리와 사회적인 외적 상황들을 예술적으로
풀어내는
최원종 작가의 작품은 우리가 세계인들과 소통하기에

매우 소중한 도구라고 생각합니다.
왜냐하면 불행하게도 많은 세계의 젊은이들은
여전히 혼란스럽고 방황하고 갈등하기 때문입니다.

짧지 않은 시간,
일과 일상을 유럽에서 보낸 연극인으로서
그리고 학자로서의 경험에 비추어 볼 때
최원종 작가의 작품은 그들과 공감하고, 나누고, 서로를
위로할 수 있는
충분한 예술적 가치가 있는 소재, 내용, 주제라고 확신합니다.
다시 한 번 용기 내어 준 최원종 작가에게 축하의 인사를 보냅니다.
연극의 꽃은 작가입니다.
작가님의 보석 같은 글들을 출판해주셔서 고맙습니다.

무지개
끝에서의 키스

등장인물

소년 (남. 19살)

소녀A (여. 19살)

소녀B (여. 19살)

남자 (남. 35살)

남자의 다중인격, 가죽잠바 건달

남자의 다중인격, 14살 다운증후군 소녀

남자의 다중인격, 거인남자

장소

초등학교 앞 도로가

호텔방

철거 전의 공중전화 박스 앞

1.

교통경찰 복장과 비슷한 제복을 입은 남자가 횡단보도에 서 있다.

남자 옆에 남자의 다중 인격들이 서 있다.

이 세 명의 다중인격은 남자가 가는 곳 어디든 따라다니고 있다.

14살의 다운증후군 소녀와

한 여름에도 가죽잠바를 입고 선글라스를 낀 21살 건달,

격투기 선수 분위기를 풍기는 거인 남자, 이렇게 세 명의 인격이

남자와 함께 횡단보도 옆에 서 있다.

녹색 신호등 불빛이 점멸하고 있다.

남자와 남자 옆에 서 있는 세 명의 인격이 하늘을 바라본다.

하늘은 너무나 투명하고 맑다.

남자 초등학교 수업 종소리를 들은 적이 있어? 텅 빈 운동장을 맴도는, 아이들의 웃음소리를 들어본 적 있어? 정말 부드러운 소리들이지. 난 14살 때부터 정신병원을 들락날락 했어. 쌍둥이 형을 목 졸라 죽였거든. 그게 내 첫 살인이었어. 형은 나보다 30분 먼저 태어났는데 유전자에 이상이 있었지. 그래서 평생을 지독한 자폐아로 살아갈 수밖에 없는 운명이었어. 형이 14살이 되던 해, 난 형의 목 졸랐어. 그날은 내 생일이기도 했지. 목을 조르던 그날 밤이 생각나. 목을 조르는 것이 너무나 쉬워서, 아 사람은 이렇게 쉽게 죽일 수 있는 거구나, 하고 무서워했던 게 기억나. 그게 정말 슬

펐지, 사람을 쉽게 죽일 수 있다는 거. 그 일로 정신 병원에 입원하게 되어서 십대를 다 보내버렸어.

그러면서 여러 종류의 어른들을 그곳에서 만나게 됐지. 그 어른들 중에 가장 이상한 놈이 한 놈 있었는데, 중동에서 벌어지고 있던 전쟁에 참전했다가 불명예제대를 하고 한국으로 건너온 흑인이었어. 그 녀석은 밤마다 병원을 빠져나가선 종로에 있는 한 어학원에서 아이들에게 영어를 가르치곤 했는데, 술에 잔뜩 취해서 병원으로 되돌아올 때면 던킨 도너츠 상자를 들고 왔어. 던킨 도너츠를 사들고 온 날 밤엔 어김없이 내 침대로 와서 전쟁터에서 경험했던 일들을 아주 서툰 한국말로 얘기해주곤 했는데, 얘기가 끝나면 항상 늘 날 죽이려고 했지. 그 녀석은 살인에 완전 미쳐있었어. 녀석이 사람들을 어떻게 죽였는지 난 매일 밤 되풀이해서 들어야만 했었어.

21살에 정신병원을 탈출할 때 그 녀석을 죽였지. 그게 내 두 번째 살인이었어. 그리고 그건 내 전쟁의 시작이었어. 전쟁을 하다보면, 전쟁을 시작한 처음의 목적과는 달리 이젠 사람을 죽이지 않으면 안 되게 되는 거야. 사람을 죽일 때에만 위로를 받지. 아무도 날 위로해주지 않으니까, 나 스스로 나를 위로해줘야만 해. 적이 어디에 있는지는 알 수 없어. 그래서 적을 찾기 위해 무고한 사람들을 죽일 수밖에 없게 되는데 바로 거기에서 난 진짜 적과 만날 수 있는 가능성을 발견하게 되는 거야. 적. 적. 적. 적. 전쟁은 늘 그래왔고, 그래서 전쟁은 어떤 해답도 주지 않고 끝도 없이 방황하게 하며 날 살아있게 하지. 전쟁은 그렇게 내게 말해주었어. 전쟁을 하고 있다는 걸 잊지 않기 위해서라도 계속해서 누군가를 죽여 나가라고.

8월의 뜨거운 태양이 떠있다.
20년만의 최고의 더위라는 라디오 방송이 흘러나오고 있다.
자동차의 소음들.
이글거리는 아스팔트 도로.
시끄러운 매미소리.

소녀A가 슈트케이스를 끌며 들어온다.
초등학교 앞, 횡단보도에 서 있는 남자. **그리고 그의 다중인격들**
남자는 교통정리를 하고 있다.
아이들이 우르르 횡단보도를 건너가는 소리들.

잠시 후
교통 통제대에 엉덩이를 걸치고 휴식을 취하는 남자와 그의 다중인격들.
타블로이드 신문을 꺼내 읽기 시작한다.
남자의 다중인격들은 남자가 하는 대로 따라 움직인다.
소녀A가 던킨 도너츠가 든 상자와 테이크아웃 아이스커피를 남자에게 불쑥 내민다.

그늘도 없는 곳에서
타블로이드 신문 퍼즐란에 해답을 써넣고 있던 남자가 고개를 들어
소녀A를 본다.

남자의 다중인격들도 **소녀A**를 바라본다.

한 무리의 초등학교 아이들이(소리) 횡단보도를 건너간다.

커피를 남자 얼굴 가까이로 더욱 들이미는 **소녀A**.

남자   카오스 이론을 처음 애기했던 과학자 이름 아니?

소녀A (고개를 젓는)

남자   미국에 있는 자유의 여신상을 3시간 동안 사라지게 했던 마술사 이름은 아니?

소녀A 데이비드 카퍼필드.

남자   아!

남자와 남자의 다중인격들은 급히 타블로이드 신문의 퍼즐 네모 칸 안에 **데이비드 카퍼필드** 이름을 써넣는다.

남자   100대 이상의 배와 비행기가 사라지고, 8000명의 승객들이 행방불명되거나 조난을 당했던 대서양에 있는 삼각형 해역의 이름은?

소녀A 버뮤다 삼각지대.

남자   버뮤다 삼각지대. (답을 써넣는다)

다중인격들 버뮤다 삼각지대. (답을 써넣는다)

소녀A 승객을 실은 배를 사라지게 했어요, 버뮤다 삼각지대에서. 데이비드 카퍼필드라는 마술사가요.

남자   똑똑해졌구나.

소녀A 남자친구가 가르쳐줬어요.

남자   ….

소녀A   마술을 배우고 있어요.

남자   (쳐다보는)

소녀A   내가 아니라, 내 남자친구.

남자   아, 남자친구. 왜 마술을 배우는 거지?

소녀A   우린 마술쇼를 해서 돈을 벌 거거든요.

남자   넌 멋진 무대 의상을 입겠구나, 마술사를 돕는… 사귄 지 오래됐니?

소녀A   두 달.

남자   오늘은 20년 만에 가장 더운 날이라고 하던데.

소녀A   자, 커피 마셔요. 라디오에서 들었어요. 정말 뜨거워요, 저 태양빛.

남자는 커피를 받아 한 모금 마신다.
그 둘은 잠시 태양을 바라본다.

남자   아참, 깜빡했네.

소녀A   네?

남자   오랜만이야.

소녀A   네. 오랜만이에요.

남자   1년만인가?

소녀A   (끄덕이는) 하지만 10년 같았어요. 지옥 같은 시간을 보냈거든요.

남자   소식은 듣고 있었다.

소녀A   왜 내게 연락하지 않았어요, 한번도?

남자   ….

소녀A   날 좋아해요, 아직도?

남자   ….

소녀A   (던킨 도너츠 상자를 내밀며) 오다가 샀어요. 아직 점심 안 했죠?
         한 개 먹어봐요. 아침에 회사원들이 많이 찾는 도너츠래요.
         이름이… 이거 이름이… 나 머리가 나쁜 가 봐요. 분명히
         외워뒀었는데.

남자   푸레아이몬드도너츠.

다중인격들 푸레아이몬드도너츠 그걸 잊어버릴 일은 없지.

소녀A   아, 맞아요. 어떻게 알았어요?

남자   예전에 이걸 사다준 애가 있었거든.

다중인격들 (동시에) 예전에 이걸 사다준 애가 있었거든.

소녀A   그게 누구였어요?

남자·다중인격들   (쳐다보는) 잊은 거니?

소녀A   ….

남자   그때 그 도너츠는 너의 유언 같았어. 내가 방문을 열었을 때.

다중인격 가죽남자   넌 목에 줄을 매고 있었어. 줄에 매달린 채 바둥거리
         며 내게 말했지.

다중인격 14소녀   '이 줄 좀 풀어줄래요? 이 줄 좀 풀어줘요, 푸레아이몬
         드도너츠가 너무 먹고 싶어서 지금은 못 죽겠어요.' 그렇게
         니가 말했어.

다중인격 거인남자   넌 도너츠 가게로 뛰어갔었지. 그 도너츠를 먹던 네
         모습을 잊을 수가 없다. 넌 자살을 하려고 했었으니까.

남자   넌 자살을 하려고 했었으니까.

소녀A   나 할 말이 있어서 왔어요.

남자　　….

소녀A　　사랑하는 사람이 생겼어요. 아저씨가 그랬잖아요, 사랑하는 사람이 생기거든 언제든 꼭 찾아오라구요. 우리를 이곳에서 벗어나게 해주겠다고. 사랑은 위대한 기적이니까.

남자　　이 도너츠의 이름이 뭔지 아니? 푸라츠푸라노야.

소녀A　　바보, 바보, 도너츠 이름 따윈 하나도 중요하지 않아요!

남자　　난 너 때문에 한쪽 눈을 잃었고, 나머지 한쪽 눈도 점점 흐릿해지고 있어.

소녀A　　알아요. 아저씬 이제 어둠 속에 남겠죠, 혼자서. 내가 처음부터 어둠 속에 있었던 것처럼. 하지만 내겐 아저씨가 빛이었어요.

남자　　….

소녀A　　아저씬 나를 좋아한다고 했었잖아요. 그 마음은 절대 변하지 않을 거라고.

남자　　이 도너츠 먹으면 말이야, 입가가 하얘져. 달콤한 밀가루가 입 주변에 하얗게 묻지.

소녀A　　….

남자　　예전에 난 네 입가가 하얘지는 걸 좋아했었어. 넌 하얀 나비 같았지… 하얀 나비는 누구나 잡고 싶어하지. 잡고는 그리고 그냥 죽여버리지.

그 둘은 잠시 뜨거운 태양을 같이 바라다본다.

남자　　생일 축하한다, 열아홉 살이 된 거.

소녀A　　뜨겁죠, 저 태양?

남자	지금이 가장 뜨거울 때지, 8월이니까. 이런 더위 참 좋지 않니. 살아있다는 느낌이 들거든. 그래서 항상 이곳에 서서 지나가는 아이들을 구경하는 거야.
소녀A	아, 기억났어요.
남자	…?
소녀A	카오스 이론. 아저씨가 내게 말했죠. 내가 12살 생일을 맞았을 때.
	날 데리고 탈출에 실패했을 때.
	그래서 한쪽 눈을 잃었을 때.
	나비의 날갯짓이 세상을 바꾼다고 했어요. 기적을 만든다고. 나비 한 마리가 브라질 들판을 날아갈 때 쥐 한 마리가 움직이거나
	풀 한 포기가 몸을 눕히면 수 천 마일 떨어진 곳에서도 변화가 생긴다고.
	그러면서 날 꼭 안아줬죠. 한쪽 눈에서 피를 흘리면서.
남자	그 나비는 죽었다.

2.

철거 전날 밤의 공중전화박스 앞.

소년   (텅 빈 밤하늘을 보며) 나비 한 마리… 나비 두 마리… 세 마리…
작은 기적들을 만들기 위해선 작은 행동들을 실행해야 해.
덫에 걸린 토끼를 구해준다든지 우리에 갇힌 오리를 풀어
준다든지
냇가의 돌멩이 하나를 딴 곳으로 옮겨서 물의 흐름을 바꾼
다든지…
그 애가 그렇게 말했었어.

소녀A   날 사랑해?

소년   응.

소녀A   왜 날 사랑하게 된 거야?

소년   니가 불쌍했어.

소녀A   또?

소년   널 구해주고 싶었어. 널 구원해주고 싶었어.

소녀A   그런 말 처음 들어봐. 구원….

소년   우리도 우리가 원하는 삶을 살 권리가 있어.

소녀A   넌 어떤 삶을 살길 원해?

소년   널 지켜주는 삶.

소녀A   난 곧 죽는데.

소년   죽기 전에 니가 후회하지 않았음 좋겠어, 이 세상에 태어

난 걸.

소녀A … 아, 배고프다.

소년 우린 탈출하게 될 거야, 데이비드 카퍼필드처럼.
알카트라즈 감옥을 탈출할 때처럼,
무너지는 빌딩에서 2분 30초 만에 탈출했던 것처럼,
나이아가라 폭포를 다이빙해서 통과했던 것처럼,
중국의 만리장성을 뚫고 지나갔던 것처럼.
전 세계 5000만 사람들이 지켜보는 가운데에서 자유의 여신상을 사라지게 했던 것처럼.

소녀A 탈출할 수 없어. 그 아저씨가 우릴 도와주지 않겠대.

소년 그 자식 도움 따윈 처음부터 받을 생각 없었어.

소녀A 하지만… 난 알 수 있어. 우린 벗어날 수 없어… 우린 어디에도 가지 못할 거야.

소년 내가 널 어디든 데려갈 거야. 세상 끝까지라도.

소녀A 키스해 줄래?

소년 (키스하는)

소녀A 고마워.

소년 (소녀A를 꼭 안는)

소녀A 정말 이곳에서 나갈 수 있을까. 탈출. 데이비드 카퍼필드처럼.

소년 그럼. 나만 믿어.

소년은 주머니에서 약(헤로인)을 꺼내 코로 들이마신다.

소녀A 왜 아직 그걸 끊지 못하는 거야?

소년	아직은 아니야. 이곳을 나가면 이런 것 따위 언제든 끊을 수 있어. 이곳을 나가기 전까지만…
소녀A	나도 좀 줄래?
소년	넌 안 돼.
소녀A	난 왜 안 돼?
소년	이건… 이건… 마음을 약하게 하니까.
소녀A	….
소년	마음속에서 혼란이 일어나. 의지가 약해져. 희망이 약해져.
소녀A	그런데 넌 그런 걸 왜 하고 있는 거야?
소년	난 바보니까.
소녀A	아니야.
소년	난 바보야.
소녀A	넌 바보 아냐. 똑똑해.
소년	난 내 여자친구를 팔았어. 이 약 때문에.
소녀A	무슨 말이야?
소년	날 좋아했었는데. 내가 그 애를 탈출시켜주려 했는데. 그런데 약 한 봉지에 그 애를 팔아넘겼어.
소녀A	그 앤 어떻게 됐어?
소년	사라져버렸어. 슈트케이스만 달랑 남겨놓고.
소녀A	죽은 거야?
소년	약에서 깨어났을 땐 그 애를 찾을 수 없었어. 여자친구가 떠날 때 입었던 옷이 빨랫줄에 걸려있었어. 내가 잠든 사이 누군가 그 애의 옷을 벗겨서 빨랫줄에 걸어놓은 거야.
소녀A	그 옷은 어딨어?
소년	….

소녀A 내가 지금 입고 있는 이 옷이야?

소년 … 응.

소녀A ….

소년 이번엔 실수하지 않을 거야. 니가 도망갈 수 있게 해줄게.

소녀A 날 도망갈 수 있게 해주는 게 아니라 우린 함께 도망가는 거야.

소년 그래… 함께… 함께 도망쳐. 비겁하게 도망치진 않을 거야.

소녀A 약부터 끊어.

소년 이번이 마지막이야. 이게 마지막. 그리곤 완전히… 깨끗하게 끊을 거야.

소녀A 비행기 티켓을 끊어야겠어.

소년 내가 할게. 그쪽으로 아는 친구가 있어. (공중전화기를 든다)

소녀A 누군데?

소년 … 잘 생각이 나지 않아. 너무 오래됐나봐, 못 본 지가.

소녀A 내가 다시 아저씨를 만나고 올게. 우린 함께 떠날 거라고 말할게.

소년 난 그놈을 알아. 그 악마는 아주… 아주… (소년은 무서움에 떤다)

소녀A 다시 만나고 올 거야. 다시 한 번 부탁해 볼 거야.

소년 그놈을 죽여 버리겠어. 그 악마가 내 여자친구의 옷을 벗긴, 그 악마야.

소년은 약에 취해 울다가 바닥에 뻗어버린다. 소녀A의 손을 꽉 잡은 채.

소녀A   마지막. 마지막이야. 약은 더 이상 안 돼.

소년   넌 그 애를 너무나 닮았어.

비가 내리기 시작한다.

3.

8월의 어둔 밤. 비가 퍼붓고 있다.

낡은 호텔 현관문을 열고 남자와 남자의 다중인격들이 방 안으로 들어온다.

거인남자와 14살 다운증후군에게 부축을 받은 채 들어오는 남자.

남자는 약을 했는지 의식을 잃은 상태다.

이곳은 23층 빌딩에서 11층에 있는 호텔방.

다중인격 가죽잠바 건달이 왼쪽 손엔 커다란 은색 카메라 가방(어린아이가 들어갈 만한 크기의)과 오른 손엔 커다란 던킨 도너츠 상자를 들고 들어온다. 그는 선글라스를 끼고 있다.

방안 어딘가에서 여자아이의 웃음소리가 들려온다.

이 곳 저 곳에서 들려오는 소녀B(19살. 여) 의 웃음소리.

우산을 놓고 베란다가 있는 곳으로 걸어가는 가죽잠바 건달.

해바라기 화분들 안에 투명 지퍼백에 넣어온 토막 낸 소녀의 손가락들을 심는다.

소녀B가 살금살금 가죽잠바 건달 뒤로 다가와서 그런 그의 행동을 바라보고 있다.

소녀B　　이름이 뭐야?

남자의 다중인격 가죽잠바건달　(그는 대답하지 않는다)

소녀B　　그 손가락들, 이름이 뭐야?

남자의 다중인격 가죽잠바건달　(그는 대답하지 않는다)

거인남자와 14살 다운증후군은 남자를 소파에 앉혀놓고, 자신들은 식탁 테이블 의자에 앉는다.

가죽잠바 건달은 소녀B를 무시하고 드럼 세탁기가 있는 곳으로 간다.

뚜껑을 열어 가방에 넣어온 피 묻은 옷가지들을 넣는다.

세제를 한 통 다 넣고, 세탁버튼을 누른다.

세탁기가 소리를 내며 돌아가기 시작한다.

소녀B가 가죽잠바 건달이 들고 온 가방에서 피 묻은 슬리퍼 한 쌍을 꺼낸다.

신어보는 소녀B.

슬리퍼를 신고 세탁기가 있는 쪽으로 걸어가서 전원버튼을 눌러 세탁기를 끈다.

가죽잠바 건달이 다시 와서 세탁기를 켠다.

소녀B가 세탁기를 끈다.

가죽잠바 건달이 다시 와서 세탁기 버튼을 누른다.

소녀B가 세탁기 앞에 쭈그리고 앉아 두 손으로 귀를 막고 괴로워한다.

세탁기 소리는 점차 소녀들의 비명소리로 변한다.

전기톱이 돌아가는 소리.

도끼로 얼굴을 내려치는 소리.

톱날로 뼈의 관절들을 자르는 소리들로 변한다.

소녀B가 오디오 쪽으로 가서 전원버튼을 누른다.

음악이 흘러나온다.

가죽잠바 건달이 오디오를 끈다.

소녀B가 오디오를 다시 켠다.

가죽잠바 건달이 끄려하자 소녀B가 막아선다.

그런 모습을 거인남자와 14살 다운증후군이 오렌지 쥬스를 마시며 구경하고 있다.

가죽잠바 건달은 소녀B를 피해서 채널을 바꾸어 버린다.

지지직거리는 소음.

소녀B   울고 있어.

가죽잠바건달   시끄러!

소녀B   세탁기 안에서 울고 있어, 옷들이. 이 비명소리가 안 들려?! 내 발에서 슬리퍼가 울고 있어. 슬리퍼들이 주인을 잃어서 슬퍼하는 거야.

가죽잠바건달   시끄러!

소녀B   어떻게 죽인 거야, 이 애를? 어디에 버렸어?

가죽잠바건달은 냉장고에서 얼음을 꺼내와 탁자의자에 앉는다.

얼음을 한 움큼 손에 쥐고 깨물어 먹기 시작하는 가죽잠바건달.

그의 행동은 점점 병적으로 변해간다.

소녀B   강물에 빠트렸어? 산속에 묻었어? 음식물 쓰레기와 함께 쓰레기차에 버렸어? 소각로에서 태워버렸어? 어떻게 버렸어?

가죽잠바건달   시끄러. 시끄러. 시끄러.

가죽잠바건달이 데낄라를 가져와 글라스에 따라 마신다.

그리곤 칼을 꺼내서 선글라스를 벗은 자신의 보이는 한쪽 눈을 찌르려고 한다.

그는 망설인다.

가죽잠바건달　거긴 어때?

소녀B　….

가죽잠바건달　거긴 어떤 곳이야?

소녀B　어때 보여?

가죽잠바건달　여기보다 끔찍해?

소녀B　….

가죽잠바건달　여기보다 더 더 끔찍해?

소녀B　더. 더. 아주 많이.

가죽잠바건달　거기도 여기만큼 어두워?

소녀B　더 더 아주 많이.

　　　가죽잠바건달은 다시 한 번 자신의 눈을 찔러보려 하지만 여전히 망설인다.

가죽잠바건달　한 번 들으면 평생 잊을 수 없는 소리들이 있어. 난 그런 것들을 너무 많이 갖게 됐어. 덜어내고 싶어.

소녀B　….

가죽잠바건달　그래도 날 따라다니겠지, 그 소리들?

소녀B　그럴 거야, 나처럼.

　　　가죽잠바건달은 끝내 자신의 눈을 찌르지 못하고 칼을 놓아버린다.

가죽잠바건달　그만 사라져줘.

소녀B　어디로?

가죽잠바건달　내 눈 앞에서 보이지 마.

소녀B　숨어있을 곳이 없잖아. (둘러보는)

가죽잠바건달　그냥, 내 앞에서만 보이지 말라구.

소녀B　어디에 숨어있으라는 거야. 숨어있을 곳이 없잖아, 여긴.

거인남자와 14살 다운증후군이 웃는다.

소녀B가 숨기 위해 호텔의 이 곳 저 곳을 돌아다닌다.

그때마다 소녀B가 신은 슬리퍼에서 삑~삑~ 하고 소리가 난다.

가죽잠바건달　그 슬리퍼 벗어.

소녀B　싫어.

가죽잠바건달　벗어.

소녀B　싫어.

가죽잠바건달이 소녀B에게 다가간다.

가죽잠바건달　벗어.

소녀B　벗는다고 이 소리가 없어질 것 같아!

소녀B는 슬리퍼를 신고 뛰어다니기 시작한다.

그러다 갑자기 멈춘다.

소녀B　그 애는 어떻게 지내?

가죽잠바건달　….

소녀B　남자친구. 아직도 내 남자친구한테 약을 팔아?

가죽잠바건달　그래.

소녀B   나쁜 자식. 니가 그 애 생명을 끝장낼 거야. 지옥에나 꺼져 버려.

가죽잠바건달   구제불능이야, 그 새끼. 곧 죽을 거야. 어린 나이에 너무나 많은 약을 처먹었어.

소녀B   니가 그렇게 만든 거잖아.

가죽잠바건달   개가 원해서 줬던 거야. 니가 죽고 나서 널 잊어야겠으니까, 그 만큼의 양을 달라고 나한테 울면서 매달렸지. 약 한 봉지에 그 새끼 널 잊었어.

거인남자와 14살 다운증후군이 식탁 테이블 위에 헤로인 가루를 액체로 만들어서 의료용 주사기에 담는다. 거인남자가 14살 다운증후군에게, 14살 다운증후군은 거인남자의 팔뚝 혈관에 약을 주입해준다.

14살 다운증후군이 주사기 하나를 가죽잠바건달에게 가져다준다.
가죽잠바건달이 소녀B를 손짓으로 부른다.
소녀B의 목에 헤로인이 든 주사기를 가죽잠바건달이 꽂는다.

가죽잠바건달   귀신과 함께 헤로인을 하는 건 참 좋아.

소녀B는 가죽잠바건달의 어깨에 몸을 맡긴다.
가죽잠바건달은 소녀B의 손을 잡고 자신의 성기 쪽으로 가져간다.
소녀B의 몸이 뻣뻣하게 굳는다.

가죽잠바건달   입으로 해줘.

그는 혁대를 풀고, 바지를 내린다.

회전하는 세탁기 소리.
빗방울과 세찬 바람이 베란다의 창문을 거칠게 두들긴다.

가죽잠바건달　사랑해. 사랑해. 사랑해. 사랑해. 내가 불태운 너를 사랑해. 내가 강물에 던져버린 너를 사랑해. 내가 산속에 파묻어버린 너를 사랑해. 사랑해. 사랑해. 아아아아. 사랑해.

번쩍이는 번개와 이어지는 천둥소리.
호텔 창문 밖 어둠 속으로 작은 나비 모양의 불빛 하나가 이러저리 날아다닌다.
거인남자와 14살 다운증후군이 베란다로 간다.
손전등을 찾아 들고 어둔 하늘을 비춰보는 남자들.

가죽잠바건달　어딨는 거지? 어디로 간 거지? 어딨는 거지?

나비모양의 작고 여린 불빛이 호텔 방으로 들어와 날아다니다가
이내 창문 밖으로 날아가 버린다.

가죽잠바건달　저길 봐. 방금 봤어? 나비야. 나비가… 날고 있어. 어디에서 온 거지? 어떻게 이렇게 비가 쏟아지고 있는데 날고 있는 거지? (나비를 향해) 이쪽으로 와. 이쪽으로 날아와. 이쪽이야. (손전등을 마구 흔들어대며) 이쪽이야. 이쪽이야. 이쪽이야. (번개와 천둥소리) 이쪽이야. 이쪽이야. 안 돼. 지치지 마. 안

돼. 조금 더 힘을 내. 이쪽이야. 이쪽… (번개와 천둥소리) 나비
가… 나비가… 빗속에서 산산조각 났어.

가죽잠바건달은 어둠 속에서 나비를 찾기 위해 계속 애쓰고 있다.
갑자기 창문 밖에서 눈부신 빛이 쏟아져 들어온다.
날갯짓을 하고 있는 아주 거대한 나비 모양의 불빛이다. 펄럭이는 날개.

소녀B가 은색 카메라 가방에서 살해도구들을 꺼낸다.
횟칼, 도끼, 정육점칼, 쇠사슬, 망치, 정원용가위, 절단기, 밧줄, 전기톱,
쇠톱, 뺀치,
아이스 송곳…
세탁기에서 종료 멜로디가 울린다.
아이스 송곳을 들고 가죽잠바건달에게 다가가는 소녀B.
가죽잠바건달의 등을 찌르는 소녀B.
거인남자와 14살 다운증후군은 소녀B를 그저 바라보기만 한다.
나비가 사라진다.

주위가 캄캄해진다.

4.

소녀A가 우산을 쓴 채 비가 내리는 하늘을 바라보고 있다.

소녀A 15살 때부터 내가 어떻게 살아왔는지, 당신만은 잘 알 거
예요. 어느 날 나는 사과하고 싶어졌어요, 내 몸에게. 그래
서 병에 걸리기로 했어요. 죽을병에 걸려서 나는 내 몸에게
사과해야만 해. 그 방법밖에 없어. 나는 그렇게 생각했어요.
그래서 내 몸에 나는 에이즈에 걸린 어린 소녀의 피를 넣었
어요. 병원침대에서 죽음과 맞서 싸우던 그 어린 소녀는 내
게 기꺼이 피를 나누어 주었어요. 이 모든 건 내 몸에게 사
과하기 위한 것이었어요… 15살 때부터 내가 어떻게 살아
왔는지는, 당신은 잘 알고 있어요. 당신은 그 모든 걸 내 옆
에서 다 봐왔으니까요. 내 몸을 씻겨주고, 내게 떠나라고 말
해주고, 날 위해 울어줬어요. 아주 먼 곳에 숨어버리라고 말
해줬어요. 무지개가 있는 곳으로 가라고, 이 더러운 도시를
떠나서, 무지개 끝으로 가서 무지개 호수에서 깨끗해지라
구, 당신은 말했어요.

소녀A가 우산을 접는다.
소녀A가 남자의 호텔방 앞에 서 있다.
초인종을 누른다.
소파에서 잠들어 있던 남자가 잠에서 깨어난다.

거인남자와 14살 다운증후군이 가죽잠바건달을 화장실에서 토막내고
있다.

남자는 문 앞으로 다가가 방범 렌즈로 외부인을 확인한다.
남자가 문을 연다.
슈트케이스를 든 소녀A가 문 앞에 서 있다.
남자는 문을 닫는다.
초인종 누르는 소녀A. 문을 마구 두들기는 소녀A.
남자는 다시 문을 연다.

소녀A   떠날 거예요.

남자   ….

소녀A   우릴 놓아주라고 그 사람들한테 말해줘요.

남자   … 나비를 봤어, 아주 커다란….

소녀A   우릴 찾지 마세요.

남자   밤하늘을 날고 있었어. 온통 하늘을 뒤덮고 있었지. 엄청나
게 큰 날개였어.

소녀A   작별인사 하러 왔어요, 비행기를 타야하니까.

남자   … 몇 시 비행기지?

소녀A   (대답하지 않는다)

남자   어디로 가지?

소녀A   (고개를 젓는)

남자   나비에 대해서 너한테 말해줄 게 있어. 브라질의 그 나비.
지금 그 나비가 어디에서 날고 있는지 알게 됐어.

소녀A   나비는 죽었다고 당신이 이미 말했잖아요.

남자 ⋯ 죽지 않았어.

소녀A 잘 지내요.

남자 잠깐, 들어올래? 너한테 줄 게 있는데. 너 오면 주려고 정리해둔 게 있어.

소녀A (고개를 젓는) 아니요. 받고 싶지 않아요. 됐어요.

남자 연두색 밧줄 기억나니? 등산용 밧줄. 예전에 니가 자살 하려고 목을 맸던 밧줄 말이야. 널 다시 만나면 돌려주려고 늘 생각했었어.

소녀A 그런 걸 왜 아직도 가지고 있어요?

남자 내가 널 지켜주겠다고 마음을 먹게 했던 밧줄이었으니까. 저기 어딘가에 있을 거야. 잠깐만 기다려.

소녀A는 망설인다.
소녀A가 결심한 듯 방 안으로 들어온다.

소녀A 지금 주려고 하는 이유가 뭐예요?

남자 다시 한 번 지켜주고 싶어.

소녀A 내가 남자친구랑 영영 이곳을 떠날 수 있게 해주세요.

남자 그래. 그렇게 할게. 밥은 든든하게 먹은 건가?

소녀A 이제 아무 것도 먹지 않아도 배고프지 않아요. 먹는 건 중요하지 않게 됐으니까.

남자 먹지 않으면 사람들은 죽어. 아무도 살아남을 수 없어. 모든 건 다 잊어도 먹는 것만은 잊으면 안 돼. 그건 생존의 법칙이야.

소녀A 난 살아남을 거예요, 먹지 않고도, 분명.

남자　　그 앤 어때? 네 남자친구. 이젠 약을 끊은 건가?

소녀A　… 끊었어요.

남자　　그래. 잘 된 일이야. 아주 잘 됐어.

소녀A　이제 그 애한테 약을 팔 수 없을 거예요, 절대.

남자가 연두색 줄을 찾아서 소녀A에게 내민다.

소녀A는 머뭇거린다.

남자　　넌 니 인생을 이제 새롭게 시작하면 돼, 비가 그치면.

소녀A　….

소녀A가 연두색 줄을 받고 문 밖으로 나가려한다.

가죽잠바건달을 토막 내고 있던 14살 다운증후군이 온몸에 피투성이

인 채 소녀A 앞을 가로막는다.

다운증후군　빗속에서 나비 한 마리가 날고 있었어.

소녀A　….

다운증후군　너도 봤으면 좋았을 텐데. 니가 봤어야 했어.

소녀A　….

화장실에서 거인남자가 나온다.

그 역시 소녀A를 가로막는다.

소녀A를 방 안쪽으로 밀치는 거인남자.

거인남자　폭풍우 속에서 안간힘을 쓰며 날고 있었지, 아마 그랬을 거

야, 우린 분명히 봤어.

소녀A가 식탁 위에 놓인 주사기들을 본다.

남자   왜 그런 먼 곳까지 가려고 하는 거야?

소녀A   … 우리가 어디로 가는지 알고 있어요?

남자   그럼. 알고 있지.

소녀A   어떻게 알고 있어요?

남자   데이비드 카퍼필드가 내게 귀띔해줬거든.

소녀A   누가 말해줬건 중요하지 않아요. 난 새롭게 태어날 거예요, 깨끗하게. 사람 냄새가 다 빠져나갈 때까지. 뜨거운 공기로, 가만히 있어도 입과 코와 귀와 눈으로 모래들이 날아 들어오는 그곳에서 지금의 나를 지울 거예요.

남자가 바닥에 떨어져있던 칼을 들어 꽉 손에 쥔다.
손 안에서 피가 흐른다.

남자   (피 흘리는 손을 내려다보며) 언제부터 이렇게 아프지 않게 된 걸까.
통증을 느낄 수 없게 된 걸까…
인생에서 지울 수 있는 건 아무 것도 없어.
죽지 않으면 결코 아무 것도 지울 수 없지.
폭풍우 속에서 나비들이 날고 있었어.
근데 나비들 갈기갈기 찢겨졌지.
나비들이 찢겨지는 걸 니가 봤더라면 니가 편안해졌을 텐데.

우리가 탈출에 실패했을 때, 그들이 나비를 찢어서 불태워
버렸던 것처럼.

오늘은 널 정중하게 배웅해주고 싶어. 정장을 입어야겠어.
수염도 말끔하게 깎고. 잠깐만 기다려, 준비를 할 테니까.

그는 세면대 앞 거울을 들여다본다.

꺼칠꺼칠하게 돋아난 수염.

그는 면도칼을 꺼내 수염을 깎는다.

면도날이 지날 때마다 그의 턱에서 코 밑에서 피가 흘러내린다.

그의 얼굴은 곧 피로 범벅이 된다.

남자   내 앞으로 와. 내 앞으로 와 주겠어?

소녀A   이러지 마. 날 보내준다고 했잖아. 비행기를 놓치면 안 돼.

남자   널 처음으로 가졌을 때가 생각나. 넌 시체 같았지. 죽은 아이.

소녀A   밖에, 밖에서 날 기다리고 있단 말이야. 난 그 애를 놓치고
          싶지 않아. 이러지 마.

14살 다운증후군이 건조대에서 빨간 슬리퍼를 꺼내 발에 신는다.

소녀A   난 죽어가고 있어.

남자   내 앞으로 한 발자국 걸어와 보겠니.

소녀A   우릴 보내줘.

남자   니 남자친군 죽게 될 거야. 헤로인 때문이지… 그 애가 널
          팔았어. 가망이 없어.

남자가 소녀A에게로 걸어간다.

소녀A가 슈트케이스로 그가 오는 것을 막는다.

소녀A　　그 애를 놓아줘. 그 애한테 약을 그만 줘. 더 이상 안 돼.

남자　　무릎을 꿇어주겠어, 내 앞에서?

소녀A　　우릴 놓아줘.

남자　　무릎을 꿇으면.

소녀A는 남자 앞에 무릎을 꿇는다.

그는 소녀A의 머리내음을 맡는다.

남자　　눈물이 날 것 같다. 눈물.

14살 다운증후군이 소녀A를 중심으로 뱅글뱅글 걷기 시작한다.

다운증후군　난 눈물이 날 것 같아, 눈물이⋯ 아, 내가 신고 있는 이 슬리퍼, 느낌이 아주 좋아. 누구의 슬리퍼일까? 부드럽고 따스해. 평온해. 난 눈물이 날 것 같다. 너의 머리 내음. 이렇게 따뜻한 느낌을 받기는 오랜만이야. 이 슬리퍼⋯, 해변의 모래사장 위를 걷는 것처럼 부드러운 자갈 돌 위를 걷고 있는 것처럼, 간지럽고 파삭파삭한 잔디 위를 걷는 것처럼⋯, 날 위해 그렇게 되어줄 수 없니? 이 슬리퍼처럼⋯ 너의 머리 냄새⋯.

소녀A　　(고개를 젓는다)

44

남자가 세면대 서랍에서 헤어 젤을 꺼내 손 안에 한 움큼 짠 다음
소녀A의 머리에 바른다.
축축해진 머리로 인해, 소녀A는 더욱 어린 소녀처럼 보인다.
두려움 때문에 몸이 경직되어있는 소녀A.

남자   그 애한테 약을 주지 않을게, 니가 옷을 벗으면.

소녀A는 마지못해 옷을 벗는다.
하얀 속옷만을 입고 있는 소녀A의 알몸이 드러난다.

거인남자   강물 속에 가라앉힐 거다. 너의 옷들, 너의 신발과 너의 슈
트케이스. 너의 연두색 밧줄까지. 그 밧줄을 목에 매고 발버
둥쳤을 때가 너의 인생에서 가장 빛났었지.

남자는 은수저에 헤로인을 담고 지퍼라이터로 끓이기 시작한다.
그는 빈 주사기에 헤로인을 담는다.

다운증후군   난 눈물이 날 것 같아, 눈물이… 아, 내가 신고 있는 이 슬리
퍼, 느낌이 아주 좋아. 누구의 슬리퍼일까? 해변의 모래사
장 위를 걷는 것처럼 부드러운 자갈 돌 위를 걷고 있는 것
처럼… 누구의 슬리퍼일까?

거인남자   너의 연두색 밧줄. 그 밧줄을 목에 매고 발버둥 쳤을 때가
너의 인생에서 가장 빛났었지.

소녀A   난 죽어가고 있어요.

남자   (소녀A를 보며) 예뻐, 하얀 속옷. 정말 잘 어울려.

소녀A 난 죽어가고 있어요.

남자 알아. 눈물이 날 것 같아. 공포에 떠는 너의 몸의 냄새.

소녀A 부탁이야. 내가 내 인생을 선택할 수 있게 단 한번만, 단 한번만 기회를 줘.

남자 누구도 세상의 끝으로 도망갈 수 없어. 여기가 끝이니까. 끝에 온 걸 환영해. 넌 수족관에 갇히게 될 거야. 그곳에서 죽게 되겠지. 너를 어떻게 죽일 것인지는 그들이 결정할 거야. 니가 죽어가는 걸 보고 싶어 하는 사람들이 아주 많아.

소녀A 난 돌아가지 않을 거야.

남자 넌 아무 것도 결정할 수 없어.

소녀A 난 떠날 거야. 이건 내가 내 인생에게 내린 결정이야. 아저씨도 막으면 안 돼. 날 절대 막아서는 안 돼.

남자 처음 너를 가졌을 때가 생각나. 넌 시체 같았지.

남자가 소녀A의 목을 손으로 움켜쥔다.

남자 넌 시체 같았지.

그가 주사기로 소녀A의 팽팽해진 목 경동맥에 헤로인을 주입한다.
소녀A는 그 자리에 우뚝 멈춰 서서 그런 그를 바라본다.

남자 널 사라지게 할 거다, 너의 정신을 망가트려서 아무도 알아볼 수 없게. 하나도 남지 않게. 니 영혼도 남지 않게. 니가 꿈을 갖는 게 싫어. 우린 전쟁터에 있는 거니깐.

소녀A는 곧 어떤 환상을 본다.

소녀B가 소녀A를 바라보고 있다.

소녀A의 눈에서 눈물이 뚝뚝 흘러내린다.

소녀A 안녕. 안녕. 거기 숨어 있었구나. 만나고 싶었어.

소녀A가 몹시 큰 굉음을 듣고 있는지 귀를 틀어막는다.

소녀A의 눈이 눈물 속에서 점점 활짝 갠다.

소녀A가 귀를 막았던 손을 푼다.

소녀A 폭포, 거대한 폭포 속의 무지개. 이제 마술을 시작해야해. 나이아가라 폭포 속으로 다이빙을 할게. 나이아가라 폭포 속을 헤엄쳐 갈게.

소녀A가 무대 위의 가수처럼 "when you wish upon a star"를 부르기 시작한다.

남자는 소녀A의 노래를 듣는다.

노래가 끝나자 소녀A는 무엇인가를 향해 손을 흔든다.

소녀A는 호텔 안을 걷다가 바닥으로 쿵,하고 쓰러진다.

소녀A가 안간힘을 다해 바닥을 기어서 자신의 슈트케이스가 있는 곳으로 간다.

소녀A가 바닥에 버려져 있던 자신의 옷을 가슴에 꼭 품는다.

소녀A 난 가야해. 그 애와 같이 가기로 했어. 아프리카, 아프리카, 아프리카에 가야해. 그 애한테 가야해. 에이즈에 걸린 여자들이 미인대회를 열어. 난 춤을 배웠어. 난 노래를 배웠고, 난 걷는 법도 다시 배웠어. 난 아프리카 말도 배웠고, 난 이제 옷을 벗지 않아. 난 사람들과 얘기하는 방법을 배웠어. 난 그 애한테 가야해. 그 애가 기다려.

남자 우린 이 악몽을 따라가야 해. 그건 우리의 운명이야.

소녀A 그 애한테 이 옷을 남겨줄래? 이 옷을 강물에 버리지 말아줘. 산속에 묻지 말아줘, 불에 태우지 말아줘. 이 옷, 이 옷, 그 애한테 남겨줘.

남자가 우비를 입는다.

남자가 길고 뾰족한 아이스 송곳을 손에 쥐고, 소녀A에게 다가간다.

소녀B가 붉은 우산을 펴고, 소녀A의 몸에 씌워준다.

소녀B가 남자를 막아선다.

남자가 아이스 송곳으로 소녀B의 가슴을 찌른다.

소녀A는 냉장고로 기어가 냉장고 문을 연다.

물통을 꺼내 물을 마신다.

소녀A는 물통의 물을 자신의 얼굴에 뿌린다.

소녀A는 냉장고 안에 얼굴을 박은 채

곧 죽는다.

냉장고에서 벨소리가 울려나온다.

남자는 아이스 송곳을 든 채 소파에 주저앉는다.

남자는 손전등을 켜고, 창밖을 비춰본다.

창밖에서 눈부신 빛이 쏟아져 들어온다.

거대한 나비가 날고 있다.

남자가 송곳으로 자신의 눈을 찌른다.

14살 다운증후군과 거인남자가 식탁 쪽으로 걸어와 의자에 앉는다.

글라스에 데낄라를 따라 마시는 두 사람.

서로의 얼굴을 한동안 만져본다.

14살 다운증후군이 테이블에서 일어나서 나비가 있는 베란다 쪽으로 걸어나간다.

14살 다운증후군이 나비와 함께 사라진다.

5.

하늘이 맑게 갠 아침.
아침 햇살이 호텔 베란다로 스며들어 오고 있다.

소년 전 19살입니다. 난⋯ 그러니까⋯ 자라온 환경은⋯ 부모는
모르겠습니다. 얼굴 본 적이 없어서⋯ 취미는⋯ 내가 가장
잘 하는 건, 음음⋯ 노래를 부를 때도 있는데 그건 혼자 있
을 때⋯ 여행은, 가본 적이 없습니다⋯ 아무 곳도 가본 적
이 없어요⋯ 난⋯ 그러니까 난⋯ 난⋯ 새로운 인생을 시작
하기 위해 여기에 온 거예요. 난⋯ 그러니까 인생을 시작하
기 위해 이곳에 온 거예요.

아침 7시를 알리는 벽걸이 시계의 종소리가 청명하다.
소년은 남자의 호텔방 소파에 앉아 왼쪽 팔에 의료용 고무줄을 감는다.
소년은 곧 자신의 혈관에 헤로인을 주사한다.

소년은 냉장고 앞으로 걸어간다.
소년은 물통을 꺼내 물을 입에 가득 머금고
햇살을 등진 채 공중에 뿜어 본다.
소년은 여러 번 물을 입에 가득 머금고, 공중을 향해 뿜는다.
소년은 고개를 떨군다.
소년은 싱크대가 있는 곳으로 간다.

소년은 조그만 물 컵에 퐁퐁과 물을 섞어 비눗방울 용액을 만든다.

소년은 소파로 되돌아온다.

소년은 빨대를 이용해, 비눗방울을 만들어 공중에 뿜는다.

거인남자가 샤워를 하고 나오면서, 그런 모습의 소년을 본다.

그는 말끔한 호텔 문지기 유니폼으로 옷을 갈아입는다.

소년　(비눗방울을 만들며) 그 애 시신을 찾으러 왔어.

거인남자　….

소년　그 애 몸을 찾으러 왔어.

거인남자　그 애 이름을 알고 있어?

소년　… 미소.

거인남자　그건 그 애 진짜 이름이 아냐.

소년　소라.

거인남자　(호텔 문지기 모자를 쓰며) 진짜 이름을 모르고 있구나.

소년　알아. 난 알아. 알아낼 수 있어. (비눗방울을 만들며) 에이즈에 걸려서 슬퍼했었어. 에이즈에 걸려서 기뻐했었어.

거인남자　(소년이 만들어 낸 수십 개의 비눗방울을 구경한다. 그는 호루라기 안에 낀 먼지를 청소한다)

소년　그 앤 연애를 하고 싶다고 했어. 연애라는 건 서로의 발을 내려다보면서, 함께 걷고 있는 것을 느끼는 거라고 했어. 그 앤 새롭게 걷는 법을 배우고 있었어. 의자에 앉는 법을 배우고 있었어. 에이즈가 그 모든 걸 가능하게 만들어주었다고 기뻐했었어. (사이) 그 애 몸을 어떻게 했어?

거인남자는 건조대가 세워져 있는 곳으로 간다.

거인남자는 세탁을 끝내고 널어놓았던 옷들을 차곡차곡 개어
테이블에 올려놓는다. 옷들이 높게 쌓여간다.

거인남자 그 앤 어떤 옷을 입고 있었지?

소년 … 간호사 유니폼을 입고 있었어.

거인남자 넌 그 애에 대해 아는 게 아무 것도 없구나.

소년 아니, 난 알아. 난 알아낼 수 있어. 그 앤 체조선수 유니폼
을 입고 있었어. 아니. 그 앤… 맞아, 그래. 아니, 그 앤… 그
앤… 항상 알몸이었어. 그게 그 애의 옷이었어. (사이) 그 애
몸은 어디에 있지?

거인남자 ….

소년 그 애 몸을 봐야겠어! 난 그 애 몸을 볼 때까지 여기서 안
나갈 거야.

거인남자 (소년을 무시하고, 차곡차곡 갠 옷들을 장롱에 넣는다) 난 이제 출근
해야 돼. 늦게 출근하면 벌점을 먹는다구. 그만 나가주겠어?

소년 보기만 하면 돼. 그게 너한테 뭣이 중요해? 그 애 몸을 내
게 줘.

거인남자 (사이) 니 몸을 먼저 내게 줘.

소년 뭐라구?

거인남자 니 몸을 먼저 내게 줘. 니 몸을 주면 그 애 몸을 주지.

거인남자는 거울 앞에 서서 턱 주위를 쓰다듬으며 스킨로션을 바른다.
소년은 거인남자의 높은 벽 같은 뒷모습을 쳐다본다.
소년은 옷을 벗는다. 소년이 팬티만 남겨두고 모두 벗는다.

거인남자 그것도 벗어. 그 애 몸을 만나고 싶으면.

소년이 팬티를 벗는다.
거인남자가 장롱에서 소녀들의 옷들을 한 가득 들고 와서 소년 앞에
내려놓는다.

거인남자 골라서 입어.
소년 어떤 거야?
거인남자 알아서 골라.

거인남자는 가발이 가득 든 박스를 가져다준다.

거인남자 머리카락이야.
소년 어떤 게 그 애 머리카락이야?
거인남자 알아서 찾아봐.

거인남자가 구두가 든 박스를 들고 와서 소년 앞에 붓는다.
거인남자가 액세서리가 든 박스를 들고 와서, 소년 앞에 놓는다.

소년이 옷을 고른다.
소년이 가발을 고른다. 가발을 고르다가 눈물을 훔친다.
소년이 구두를 고른다.

소년 슈트케이스는? 그 애가 끌고 있던.
거인남자 (슈트케이스를 가져다준다)

소년　　그 앤 배우고 싶어 했어. 여자가 되는 법을 배우고 싶다고 말했어. 나한테, 항상 여자가 되고 싶다고, 말했었어.

거인남자　이것들을 입고 그 애가 어떻게 죽었는지 느껴봐.

소년　　그 앤 자신이 죽는다는 사실을 견딜 수 없이 사랑했어. 에이즈가 자길 여자로 만들어 줬다고, 하루에도 몇 차례씩 내게 말했었어.

　　　　소년은 소녀A가 남긴 슈트케이스로 손을 뻗는다.
　　　　소년은 슈트케이스의 지퍼를 활짝 연다.
　　　　텅 빈 슈트케이스 안이 드러난다.

소년　　물건들이 다 어디로 간 거야?

거인남자　빈 가방을 들고 떠나려 했던 거야. 넌, 그 애에 대해 아는 게 하나도 없구나.

소년　　난 알아. 난 그 앨 누구보다 잘 알아. 난⋯ 나, 알아낼 수 있어. 그 앤 나와 함께였어.

거인남자　넌 아는 게 아무 것도 없구나.

　　　　거인남자는 소년의 손을 잡고 베란다로 이끈다.
　　　　소년과 거인남자는 멀리 초등학교 운동장을 함께 바라본다.

거인남자　저길 봐. 저기 운동장이 보여? 막 학교에 입학한 아이들이 뛰어노는 곳. 이곳에서 귀를 기울이고 있으면 어떨 땐 수업 종소리가 들려오곤 해. 그 애에 대해 알고 싶은 게 있어?

소년　　그 애 어떻게 죽었어?

거인남자 ··· 약물과용으로 죽었어. 헤로인을 한 번에 많이 했거든.

소년 그 앤 어떤 아이였어?

거인남자 저기 초등학교 운동장에서 들려오는 소리를 잘 들어봐.

소년 ···.

거인남자 저기··· 저곳에서 들려오는 소리 같은 아이였어. 계절이 바뀔 때마다 저곳에서 들려오는 소리들도 달라지지.

소년과 거인남자는 한동안 아침의 텅 빈 초등학교 운동장을 바라본다.

소년 누군가 학교 담을 넘고 있어. 저기! 저기! 저기 누군가 담을 넘으려고 하는데.

거인남자 ···.

소년 어어. 떨어지겠는데. 어. 다시 담을 타 넘고 있어. 우리 내기 해. 저 애가 담을 넘을 수 있을지 없을지.

거인남자 (베란다에서 나가며) 난 출근해야 해. 이제 시간이 다 됐어.

소년 우리 내기해. 난 저 애가 담을 넘는다는데 내 목숨을 걸겠어.

거인남자 (소년을 본다)

소년 난 싸움에서 지지 않을 거야. 난 내기에서 지지 않을 거야. 그러니까 당신도 뭔가를 걸어.

거인남자 (소년을 외면한다)

소년 너도 뭔가를 걸어야 해.

거인남자 ···.

소년 그 애를 왜 죽였어? 왜 죽였어?! 왜 그 앨 죽인 거야?

거인남자가 어깨에 가방을 메고, 현관문 앞에 선다.

거인남자 전화를 걸 테니까 받아. 그리고 내가 말하는 장소로 가면 되는 거야. 잘 부탁해.

거인남자는 호텔을 떠나면서, 소년을 향해 호루라기를 힘껏 불곤 우렁차게 경례를 붙인다.
거인남자는 현관문 밖으로 사라진다.

소년은 베란다에서 나와, 싱크대가 있는 곳으로 걸어간다.
물 컵에 물을 담아 마신다.
연두색 밧줄을 발견한다.
소년은 목을 맨다. 대롱대롱 매달린 채 고통스러워한다.
초등학교에서 은은하게 수업종소리가 울려온다.
소년은 던킨 도너츠 상자를 발견한다.
밧줄에서 떨어져 나온 소년이 도너츠 상자가 있는 곳으로 기어가
상자를 열고 도너츠를 닥치는 대로 입에 넣기 시작한다.
입가에 하얀 설탕가루를 잔뜩 묻힌 채
소년은 정신을 잃는다.

6.

소년이 정신을 잃은 곳에

평범한 여고생 교복을 입고 있는 소녀B과 소녀A가 있다.

매미소리가 창밖에서 한창이다.

소녀B와 소녀A가 소년을 내려다보고 있다.

소녀A 죽게 될까.

소녀B 아니. 아직은 아닐 거야.

소녀A 이대로 놔두면 죽을 거야.

소녀B 하지만 우린 아무 것도 해줄 수 없는 걸.

소녀A 어떤 애였어, 이 애는?

소녀B 마음이 너무 여렸어. 고작 약 한 봉지에 날 잊어버렸으니까

소녀A 널 잊지 않았어. 난 늘 너의 옷을 입고 있었는걸. 내가 너와 닮았다고 했어.

소녀B … 네 이름은 뭐야?

소녀A (쳐다본다. 망설인다. 그러다) 넌? 넌 어떤 이름을 가지고 있어? 이름은 그 사람의 운명을 닮잖아.

소녀B (소녀A의 귀에 대고 자신의 이름을 말해준다)

소녀A (깜짝 놀라는 표정. 이내 미소를 짓는다. 소녀B의 귀에 대고 자신의 이름을 속삭인다)

소녀B (미소를 짓는다)

소녀A 나, 이 애의 아이를 임신했을지도 몰라.

소녀B (깜짝 놀라는) 정말?

소녀A 이 애가 마술로 나한테 임신시키겠다고 했거든. 마술로 내 몸에 손 하나 건드리지 않고 순전히 마술로만 임신을 시키 겠다고 했어. 데이비드 카퍼필드라는 마술사처럼.

소녀B 니 안에서 뭐가 태어났으면 좋겠어?

소녀A (고민하는) 바람. 풀잎. 돌멩이. 시냇물. 들판. 쥐 한 마리.

소녀B 쥐 한 마리?

소녀A 시원한 바람도.

소녀B 시원한 바람.

소녀A 나보다 오래 산 돌멩이.

소녀B 오래 산 돌멩이.

소녀A 풀잎.

소녀B 풀잎.

소녀A 시냇물.

소녀B 시냇물.

소녀A 들판.

소녀B 초원.

소녀A 맑은 하늘.

소녀B 맑은 구름.

소녀A 나비… 나비가 되어서 이 아이를 살리고 싶어. 내 날갯짓으 로 기적을 만들 거야. 브라질의 들판에 사는 쥐 한 마리를 뛰게 만들고 풀 한 포기가 몸을 눕게 만들 거야. 그래서 이 아이를 다시 숨쉬게 만들 거야.

소녀B 덫에 걸린 토끼도 구해내고, 우리에 갇힌 오리도 풀어주고, 냇가에 흐르는 물의 흐름도 딴 곳으로 흐르게 하는 거야.

작은 기적을 만들기 위해선 작은 행동들을 실행해야해.

소녀A   날고 싶어. 날 수 있을까. 훨훨 날 수 있을까.

소녀B   너의 진짜 이름은 정말 예뻐.

소녀A   (바라본다) 너두.

소녀B/소녀A   사람의 이름은 그 사람의 운명을 닮는다!

둘은 웃는다.

소녀B가 창가 쪽에서 무엇을 봤는지 그쪽으로 걸어간다.

소녀B   애드벌룬이야.

소녀A   너의 진짜 이름은 정말 예뻐.

소녀B   저걸 잡자. 저걸 잡고 저 위로 올라가는 거야.

소녀A   ….

소녀B   (손을 소녀A에게 내밀며) 내 손을 잡아. 저걸 잡고 우린 가는 거야.

소녀A   … 무서워.

소녀B   나비가 되어 돌아오면, 이 애를 살릴 수 있어.

소녀A   …. (소녀B의 손을 잡는다)

그들은 호텔 베란다 난간에 선다.

소녀B   앗. 들렸다.

소녀A   뭐가?

소녀B   방금 애드벌룬이 나한테 말을 걸어왔어.

소녀A   … 뭐라고 말을 걸어왔는데?

소녀B   (귀를 기울이며 듣는)

소녀A   뭐라고 그래?

소녀B   (폭소를 터뜨린다)

소녀A   왜? 뭐라고 그러는데.

소녀B   우리도 자기처럼 떠오를 수 있대.

소녀A   정말?

소녀B   응. 그런데… 모든 아픈 기억을 지우래.

소녀A   그게 무슨 뜻이야?

소녀B   몰라. 하지만 좋은 뜻 같아.

소녀A   응!

소녀B   이제 갈까?

소녀A   응.

소녀B   하나 둘 셋 하면 뛰어내리는 거야.

소녀A   하나 둘 셋 하면.

소녀B   준비됐어?

소녀A   잠깐. 잠깐만.

소녀A가 소년에게 가서 소년의 입가에 묻은 하얀 설탕 가루를 닦아
준다.

소녀A   이제 됐어.

소녀B   하나

소녀A   하나. 잠깐, 잠깐만. 넌 죽은 지 얼마나 됐어? 여기서 얼마나
          있었던 거야?

소녀B   1년 6개월.

소녀A   와아?! 끔찍하다. 다행이다, 난. 이틀밖에 안 돼서. 하나!

소녀B   하나!

소녀A   둘!

서로 시선을 교환한다.

소녀B   준비됐지?

소녀A   (힘차게 고개를 끄덕이는)

소녀B/소녀A   셋!

소녀 둘이 호텔 난간에서 뛰어내린다.

매미 소리.

7.

소년은 잠꼬대를 하고 있다.

소녀 난 세상과 전쟁을 하는 거야. 전쟁에는 희생이 따라. 무고한 희생. 어쩔 수 없이 무고한 사람들이 살해당하지. 그건 어쩔 수 없는 거야.

소년이 잠에서 깨어난다.
소년은 냉장고로 걸어가서 물을 꺼내 마신다.
입 안 가득 물을 머금는다.
불쑥, 소년이 정오의 해를 등지고 물을 공중에 뿜는다.
소년은 여러 번 해를 등지고 공중에 물을 뿜어본다.
소년은 무언가를 기다린다.
소년은 곧 실망한다.
소년이 물병에 있던 물을 다 마셔버린다.

소년은 슈트케이스가 있는 쪽으로 걸어간다.
소년은 슈트케이스를 끌어본다.
슈트케이스를 끌고 호텔 안을 걸어본다.
소년은 등을 꼿꼿이 펴고 당당한 발걸음으로 걸어본다.
소년은 바닥에 줄을 긋고, 그 줄을 따라 걸어본다.
소년은 머리에 책을 올린다.

소년은 조심조심 그 줄을 따라 걷는다.

소년 그건 어쩔 수 없는 거야. 그건 어쩔 수 없는 거야. 그건… 어쩔 수 없는 거야. 어쩔 수 없어. 어쩔 수 없어. 그건… 어쩔 수 없어.

소년이 살포시 미소를 지어본다.
소년이 이를 활짝 드러내며 웃어본다.
소년이 45도 각도로 허리를 숙여 공손하게 인사를 해본다.
90도 각도로 인사를 해본다.
소년은 춤을 춰본다.
엉덩이를 흔들고, 고개를 흔들며, 소년은 수줍은 모습의 춤을 춰본다.
소년은 마치 공개된 장소에서 처음 춤을 춰보는 어린여자애의 모습처럼 어색하고,
활기 넘치며, 신선하고, 순수해 보이는 춤을 춘다.
소년은 곧 춤을 멈추고 소파 위로 올라가 노래를 부르기 시작한다.

소년 안녕하세요. 난 새로운 인생을 시작하기 위해 여기에 온 거예요. 안녕하세요. 난 인생을 시작하기 위해 이곳에 온 거예요.

소년은 마치 미인대회에 오기라도 한 듯 말한다.
소년은 베란다에서 해바라기 화분을 한 쪽 팔에 끼고,
호텔 중앙으로 걸어 나온다.
소년은 다시 걷는 연습을 한다. 화분을 들고, 바닥에 그어진 줄을 따라

허리를 꼿꼿이 펴고 걷는다.

소년 전 19살입니다. 난… 그러니까… 자라온 환경은….

소년은 좌절한다.
소년은 다시 용기를 내어 인터뷰 연습을 한다.

소년 예전에, 내가 아주 어렸을 때, 난 좋은 애가 되고 싶었죠. 모두들 나를 그렇게 바라봐 주길 바랬어요. 하지만 나를 그렇게 바라봐준 건, 내 몸을 빼앗은 사람들뿐이었죠. 나는 슈트케이스를 사 모았죠. 돈을 벌면, 슈트케이스를 사는 것에 모두 다 썼어요. 공원에 갈 때에도, 슈퍼에 갈 때에도, 음식점에 들어갈 때에도 그것을 끌고 돌아다녔죠. 고궁을 산책하거나, 공원에서 달리기를 할 때도, 나는 슈트케이스를 끌고 뛰어다녔어요. 슈트케이스는 내 유일한 단 하나의 친구에요. 하지만 나는 여행용 가방에 아무것도 넣을 게 없어요. 사람들이 말했어요. 인생이란, 빈손으로 왔다가 빈손으로 가는 거라구요. 공수래 공수거. 나는 빈손으로 가고 싶어요. 그 어디든, 아무 것도 가지고 가고 싶지 않아요. 난 가지고 가고 싶은 게 없어요. (사이) 난 새로운 인생을 시작하기 위해 여기에 온 거예요. 난 에이즈에 걸렸고, 난 인생을 시작하기 위해 이곳에 온 거예요.

소년이 싱크대로 가서 입에 물을 가득 머금고 해를 등지고 선다.
아침 해가 소년의 등에서 눈부시게 빛난다.

64

소년은 곧 공중에 물을 뿜는다.

소년은 잠시 뭔가를 기다린다.

해는 점점 더 강렬하게 소년의 등에 내리쬔다.

소년은 다시 입에 물을 가득 머금는다.

소년은 다시 공중에 물을 뿜는다.

소년은 뭔가를 기다린다.

공중에 무지개가 뜨기 시작한다.

죽은 소녀A가 무지개 끝에서 걸어 나온다.

소녀A는 보통의 여고생처럼 교복을 입은 말쑥한 모습이다.

소년　　아프리카 케냐의 무지개야.

소년과 소녀A가 무지개 끝에서 키스를 한다.

소년　　키스하고 싶었어.

소녀A　　….

소년　　키스하고 싶었어. 키스하고 싶었어. 키스하고 싶었어. 키스
　　　　하고 싶었어.

소녀A　　약속을 지켜줘서 고마워.

소년　　난 너에 대해 아는 게 아무 것도 없었어. 이름도…, 니가 입
　　　　었던 옷들도…, 니가 몇 살인지도… 난 아는 게 없어. 너에
　　　　대해 알고 싶어.

소녀A　　이곳에 데려와줘서 고마워, 아프리카 케냐의 무지개. 이것
　　　　이 너의 마술이구나.

소년 난 이제 그들을 만나러 갈 거야. 어린 시절부터 널 죽게 한 사람들. 그들을 만나보겠어. 너에게 어떤 운명이 기다리고 있었는지를 난 알고 싶어.

소녀A 키스하고 싶었어. 나의 데이비드 카퍼필드.

소년 난 전쟁터로 갈 예정이야. 처음부터 그곳에서 다시 시작해야 했던 건지도 몰라. 어쩌면 그곳에서 적을 찾을 수 있을지도 몰라. 하지만 적을 찾기도 전에 난 죽게 될지도 몰라. 하지만 분명한 건 적이 되고 싶어. 내 자신이 존재하는 것만으로도 누군가에게 적이 되었으면 해. 그래야 싸울 수 있으니까. 하지만 누구와 싸우는지 알기도 전에 나는 죽게 되겠지. 하지만 분명한 건 내가 그곳에 있으므로 전쟁을 시작할 수 있다는 거야. 그곳에서 다시 시작해볼 거야. 그곳에서 다시 시작해 볼 거야. 전쟁은 내게 새로운 삶을 줄 거야.

전화벨이 울리기 시작한다.
호텔 안에 떠올랐던 무지개가 점차 사라진다.
소녀A는 소년에게 작별을 고한다.
소년은 혼자 남겨진다.

소년은 전화를 받는다.
소년은 호텔 현관문을 향해 걸어 나간다.
소년은 현관문을 열기 위해 손잡이를 잡는다.
소년은 문을 열고 밖으로 걸어 나간다.

안녕, 피투성이
벌레들아 !

등장인물

피투성이 소년(17살)
피투성이 소녀(17살)

의족을 찬 남자 (20살)
비만에 걸린 여자(20살)

상복을 입은 소년(17살)
상복을 입은 소녀(17살)

닭 배달 여자(20살)
닭 배달 남자(20살)

장소

화장실 안.
막막한 고속도로.
여관방.
강이 보이는 고속도로.
사막.

1. 화장실에 갇힌 피투성이 소년과 소녀

어둠 속에서

소리들이 들린다. 비행기가 이착륙하는 소리, 지하철이 달리는 소리.

공항 화장실에 한 소녀가 커다란 변기 뚜껑 위에 쪼그리고 앉아 있다.

그 소녀의 옷은 온통 피 자국으로 자욱하다.

지하철 화장실 변기에 소년이 앉아있다. 소년의 옷 또한 온통 피투성이다.

소년이 화장실 앞 벽에 낙서를 한다.

피투성이소년 (낙서를 하며) 옆을 보시오. ━━━━━➤

(읽는다) 옆을 보시오… 옆을 보시오….

소년이 옆을 본다. 옆 벽은 텅 비어있다.

소년은 그 옆 벽에 다시 낙서를 시작한다.

소년은 그렇게 계속해서 빈 벽과 맞닥트리면, 낙서를 한다.

피투성이소년 (낙서를 하며) 옆을 보시오. ━━━━━➤

(읽는다) 옆을 보시오… 옆을 보시오…

(또 다른 벽에 낙서를 하며 읽는다)

뒤를 보시오. 뒤를 보시오. 뒤를 보시오.

피투성이소녀 (벽에 낙서를 하며) 뒤를 보시오.

피투성이소년 (또 다른 벽에 낙서를 하며 읽는다) 오른쪽을 보시오.

피투성이소녀 (벽에 낙서를 하며) 오른쪽을 보시오.

피투성이소년 앞을 보시오.

피투성이소녀 앞을 보시오.

피투성이소년 뒤를 보시오. 아래를 보시오, 아래를 보시오. 위를 보시오. 위를 보시오. 위를 보시오. 위를, 위를… 위를 보시오. 위를 보시오!

피투성이 소녀가 위를 본다.
두 피투성이 소녀와 소년은 위를 오래도록 본다.

소년과 소녀가 변기 뚜껑을 딛고 위로 올라가 벽 천장에 낙서를 한다.

피투성이소년 (낙서를 하며) 속아지롱~ 병신!

피투성이소녀 (낙서를 하며) 바보! 멍청이! 멍청이!

피투성이소년 아무 것도 없다!

피투성이소녀 끝났어. 끝났어.

소녀가 울기 시작한다.
소년이 울기 시작한다.

두 피투성이 소녀와 소년은 아무 것도 없는 위를 보며 울고 있다.

멀리서 비행기가 이륙하는 소리가 들린다.
멀리서 지하철이 터널 속을 달리는 소리가 들린다.
그 소리들은 마치 자장가처럼 아련하게 들려오고 있다.

어딘가에서 변기의 물 내리는 소리가 들린다. 쏴아아~ 쏴아아~

사방에서 물 내리는 소리가 들려온다.

그 물소리는 마치 박자를 맞추는 것처럼

이 곳 저 곳에서 고즈넉하게 하수구로 내려간다.

누군가들이 볼 일을 보고 화장실 문을 닫고 나가는 소리들.

쾅!쾅!쾅!

피투성이 소년이 화장실 문을 발로 찬다.

쾅쾅쾅쾅쾅쾅쾅쾅쾅쾅쾅쾅쾅쾅쾅쾅쾅쾅쾅쾅쾅쾅쾅쾅
쾅쾅쾅쾅쾅쾅쾅쾅쾅쾅쾅쾅쾅쾅쾅쾅쾅쾅쾅쾅쾅쾅쾅쾅
쾅쾅쾅쾅쾅쾅쾅쾅쾅쾅쾅쾅쾅쾅쾅쾅쾅쾅쾅쾅쾅**쾅**.

피투성이소녀 나가고 싶어. 여길 나가고 싶어.

피투성이소년 위를 보시오.

피투성이소녀 위를 보고 있어.

피투성이소년 위를 보시오.

피투성이소녀 위를 보고 있어.

피투성이소년 아무 것도 없어. 위를 봐도, 아래를 봐도, 옆을 봐도, 오른
쪽을 봐도, 왼쪽을 봐도, 뒤를 봐도… 앞을 봐도… 앞을 봐
도… 아무 것도 없어. 아무 것도….

피투성이소녀 아무 것도 없어.

피투성이소년 아무 것도 없어.

피투성이소녀 (사이) 그게 레몬 맛이었나?

피투성이소년 총을 구할 수 있을까.

피투성이소녀 그게 오렌지 맛이었나?

피투성이소년 어떻게 이렇게 되어버린 거지! 어쩌다가 이 꼴이 돼버린 거
지! 병신 같은 자식! 병신 같은 새끼! 병신! 병신!

피투성이소녀 우와 참외! 우와 수박! 수박을 크게 한 입 먹고 씨를 뱉고…
뱃! 뱃! 뱃! 뱃!

피투성이 소녀는 수박씨를 하나씩 하나씩 멀리 뱉으며
과거의 어떤 즐거움에 빠져든다.
소녀가 해맑게 웃는다. 순간 소녀의 귀로 바다 소리가 들려온다.
그러나 곧 소녀의 표정이 굳어진다.
소녀가 입 안에 손가락을 넣고 뭔가를 끄집어내려고 애쓴다.
그러면 그럴수록 소녀의 손가락들은
점점 더 입 안의 깊은 곳으로 들어간다.

피투성이소녀 뱃!뱃!뱃!… 왜 안 뱉어지지? 뱃!뱃!뱃!… 왜 안 뱉어지는
거야!

피투성이 소녀는 뱉어지지 않는 씨를 뱉으려고 애쓴다.

피투성이소녀 뱃!뱃!뱃! 뱃!뱃!뱃! 뱃!뱃!뱃! 뱃!뱃!뱃! 뱃!뱃!뱃! 뱃!뱃!
뱃! 뱃!뱃!뱃! 뱃!뱃!뱃! 뱃!뱃!뱃! 뱃!뱃!뱃! 뱃!뱃!뱃! 뱃!
뱃!뱃! 뱃!뱃!뱃! 뱃!뱃!뱃! 뱃!뱃!뱃! 뱃!뱃!뱃! 뱃!뱃!뱃!
뱃!뱃!뱃! 뱃!뱃!뱃! 뱃!뱃!뱃! 뱃!뱃!뱃! 뱃!뱃!뱃! 뱃!뱃!
뱃! 뱃!뱃!뱃! 뱃!뱃!뱃! 뱃!뱃!돼애애앳! **으엑!**

피투성이 소녀가 변기 뚜껑을 열고 그 안에 토하기 시작한다.

피투성이소년 멍청이! 그 여자를 죽이지 말아야 했어. 죽여서는 안 됐어. 그 여자를 죽일 필요까진 없었어. 난 거기 가지 말아야 했어. 멍청한 놈들. 멍청한 놈들.

피투성이소녀 그 남자… 죽었을 거야. 내가 죽였으니까. 맞아. 내가 죽였어. 죽는 걸 내가 확인까지 했잖아. 그 남자 바지 주머니에서 껌까지 꺼내 왔잖아… 그 껌 이름이 뭐였더라?

피투성이소년 죽고 말 거야. 우린 모두 죽고 말 거야. 복수를 당할 거야. 총을 구할 수 없을까. 총을 구해야 해.

피투성이소녀 그 껌… 그 껌이… 그 껌… 그 껌 이름이 뭐였더라?

피투성이소년 그 총 이름이 뭐였지? 그 총 이름이… 그 총, 그 총 이름이… 뭐였지?

피투성이소녀 맞아. 이제 생각났어. 난 10살 때부터 껌을 씹기 시작했어. 맞아. 이제 기억이 나. 틀림없어. 껌 종이를 모았었잖아. 엄마한테 얼마나 혼났는지. 이가 망가진다고, 여자애가 무슨 껌을 그렇게 좋아하냐고. 나는 껌을 씹었어. 껌을 씹으면서 사춘기를 보냈었잖아. 해태 한마음껌, 사랑의 향기. 해태 한마음껌, 달콤한 향기. 해태 사랑껌, 촉촉한 향기. 해태 커피껌, 향긋한 향기. 해태 재미나껌. 해태 은단껌. 해태 아카시아껌. 해태 물망초껌. 해태 숙녀껌. 해태 들국화껌. 해태 허니문껌. 롯데 황금철인 풍선껌. 롯데 우주작전 풍선껌. 롯데 왔다껌. 롯데 무설탕껌. 롯데 후레쉬민트, 쥬시 휘레쉬, 스피아민트, 롯데 신 후레쉬민트, 신 쥬시 후레쉬, 신 스피아민트, 후라보노껌. 자일리톨껌. 버블짱 스틱껌. 버블짱 튜브껌, 지구영웅 풍선껌.

피투성이소년 맞아, 이제 생각났어. 난 13살 때부터 총을 가지고 놀았잖

아. BB탄으로 집 앞을 지나가던 여자들 얼굴을 맞추곤 했
어. 앞니가 부러져서 울었던 여자애도 기억나. BB탄에 앞
니가 맞아서 부러졌었잖아… 처음으로 돼지 저금통을 털고
총을 샀던 때가 언제였더라?… 14살 때였어. 맞아. 토이스
타의 NEW M4A1이었잖아. 15살 생일날에는 다나카의 싱
글액션 아미 45였어. 16살 때는 NEW M4A1 CARBINE,
17살 때는 모니카 M4A1, 그땐 선물 받은 생일케이크를 뜯
지 않고, 그대로 제과점에 가서 돈으로 환불했었잖아. 그 돈
으로 그걸 샀었어. 글록 26 EST 119,DESERT EAGLE357
MAGNUM, K-2, 38구경 리볼버 권총, 그래 그건… 38구
경 권총은 정말 진짜 같았어. 그거라도 지금 있었더라면…
그거라도…그거라도… 그때 그걸 어디다 두었더라? 이사할
때 분명 장난감 박스에 넣어뒀었는데.

소년은 마치 자신의 방에서 장난감 총을 찾고 있기라도 한 것처럼
화장실 안을 둘러본다.
소년은 변기 안에 손을 집어 넣어보기도 하고,
변기 물 저장소 뚜껑을 열어, 그 안을 확인해보기도 한다.

피투성이소년 (휴지통을 뒤지며) 여기다 뒀었나?
피투성이소녀 근데 옛날에 내가 숨겨뒀던 풍선껌, 어디다 뒀지? 분명 옷장
어디에다 숨겨 뒀을 텐데… 엄마가 또 감춰둔 거 아닐까.

피투성이 소년이 휴지통에서 전단지 한 묶음을 꺼낸다.
소년은 그 전단지 묶음을 한 장 한 장 넘기며 본다.

피투성이 소녀가 변기 안이며, 변기 물 저장소를 찾아본다.

마치 예전에 자기 방의 구석구석을 찾아 헤매는 것처럼.

소녀는 자신의 방을 떠올린 듯하다.

피투성이소녀 여긴, 내 책상이 있었지. 아버지가 돌아가시면서 나한테 물
려주신 책상. 여기엔 아빠 책장이 있었구. 아버지가 읽었던
책들. 젊었을 때, 아버지 책들. 소설책들. 독일인의 사랑, 첫
사랑, 유리알 유희, 데미안, 나르치스와 골드문트, 제인 에
어, 폭풍의 언덕, 삼중당 문고들. 여긴 아빠 의자가 있었어.
난 그 의자를 '데미안'이라고 불렀는데… 여기엔 아버지가
키우던 화분이 있었을 거야. 그 꽃 이름이 뭐였더라?… 뭐
였더라?

피투성이 소녀가 한 묶음의 전단지를 휴지통에서 발견하곤, 꺼낸다.

소녀는 그 전단지를 한 장 한 장 넘겨본다. 읽기 시작한다.

피투성이소년 강아지를 찾습니다.

피투성이소녀 고양이를 찾습니다.

피투성이소년 2000년 5월 5일 학교 문방구 앞에서 강아지를 잃어버렸습
니다.

피투성이소녀 2000년 5월 5일 패밀리 마트 앞에서 고양이를 잃어버렸습
니다.

피투성이소년 가족같이 키운 강아지입니다. 코카스 파니엘입니다. 털 색
깔은 온통 하얀데 눈 주변과 귀가 갈색이어서 '도토리'라고
불렀습니다. 도토리는 한 번도 집밖을 나와 본 적이 없어서,

처음 데리고 나왔을 때는 사람들을 무척 무서워했습니다. 사람을 잘 따르지 않는 편입니다. 사람을 보면 구석으로 숨어버리곤 합니다. 수놈이고 오른쪽 다리를 조금 절면서 걷습니다. 가족같이 키운 강아지입니다. 보시는 분은 꼭 좀 연락주시기를 부탁드립니다. 사례금을 드리겠습니다. 그 강아지는 우리 가족입니다.

피투성이소녀 친구처럼 동고동락을 같이한 고양이입니다. 페르시안 고양이입니다. 색깔은 하얗고, 나이는 3살입니다. 최근 탈모증상이 있어, 머리 부분이 벗겨져 있는 상태입니다. 우울증 증세가 있어서 산책을 하려고 데리고 나왔는데 그만 잃어버리고 말았습니다. 다른 고양이처럼 밖을 나가는 걸 좋아하지 않아서 그동안은 데리고 나오지 않았었는데. 내 가장 소중한 친구입니다. 이 세상에서 가장 친한 친구처럼 지냈습니다. 찾아주시는 분께는 사례를 하겠습니다. 50만 원입니다. 발견하신 분은 꼭 좀 연락 부탁드립니다. 밖에 나가는 걸 무척 무서워했습니다.

피투성이 소녀와 소년은 전단지를 한 장 한 장 넘기며, 똑같은 구절을 읽고, 읽고 또 읽는다.

피투성이소년 가족 같은 강아지입니다.
피투성이소녀 동고동락을 같이한 고양이입니다.
피투성이소년 가족 같은 강아지입니다. 사람들을 무서워합니다.
피투성이소녀 이 세상에서 가장 친한 친구처럼 지냈습니다. 세상을 무서워합니다.

피투성이 소년이 화장실 벽을 쳐다본다.

그 벽에 자신이 낙서한 낙서를 본다.

그러면서 그 낙서를 따라 이리 저리 고개를 돌린다.

피투성이소년 오른쪽을 보시오.

피투성이소녀 (오른쪽을 본다)

피투성이소년 앞을 보시오.

피투성이소녀 (앞을 본다)

피투성이소년 뒤를 보시오.

피투성이소녀 (뒤를 본다)

피투성이소년 위를 보시오.

피투성이소녀 (위를 본다)

그 둘은 한참을 위를 본다.

피투성이소년 병신, 속아지롱. 아무 것도 없어, 이 병신아!

피투성이소녀 바보. 바보. 바보, 바보.

피투성이소년 병신. 또 속았네.

피투성이소녀 바보, 바보.

피투성이소년 또 속았네.

피투성이소녀 병신!

두 피투성이 소녀와 소년이 피투성이 옷을 벗기 시작한다.

피투성이소년 난 똑똑해질 거야.

피투성이소녀 나 똑똑하게 살고 싶어.

피투성이소년 난 속지 않을 거야. 난 속지 않겠어, 더 이상.

피투성이소녀 옆을 돌아보지 않을 거야.

피투성이소년 옆을 돌아보지 않겠어.

피투성이소녀 뒤도 돌아보지 않을 거야.

피투성이소년/소녀 앞을 보지 않겠어.

소녀가 주머니에서 약통을 꺼낸다.

소녀가 수십 알의 약을 입 안에 넣는다.

소년이 스위스 칼을 꺼내 자신의 가슴에 꽂는다.

피투성이 소녀는 바닥에 버려져 있는 피 묻은 셔츠와 스커트를 본다.

소녀는 속옷차림인 자신의 몸을 본다.

소녀는 갑자기 추위를 느낀다.

소녀는 두루마리 휴지로 자신의 몸을 둘둘 감싸기 시작한다.

소년이 두루마리 휴지로 자신의 몸을 둘둘 감싸기 시작하다.

그 둘은 갑자기 재밌는 일을 하기라도 하는 것처럼

환하게 밝은 웃음을 짓는다.

그 둘은 휴지통을 머리에 쓰고

씩씩하게 걷기도 한다.

피투성이소년 여기 어디쯤일까?

피투성이소녀 너무 멀리까지 걸어온 것 같아.

피투성이소녀 여기 어디쯤에서 멈췄으면 좋겠어.

피투성이소녀 나, 멈출 거야. 난 너무 멀리 왔어.

그들은 변기 뚜껑을 열어 올린다. 그 둘은 변기 안을 들여다본다.

한참을 그렇게 들여다본다.

소년과 소녀가 변기 속으로 얼굴을 쑤욱 들이민다.

피투성이소녀 널 좋아했어. 널 좋아했어. 날 잊지 마. 내 첫 사랑!

피투성이소녀 보고 싶어. 보고 싶어. 아빠, 보고 싶어.

피투성이소녀 (총소리 흉내를 내며) 투투투투투투투투투투투투투투투투투투투투 투투 투투투투투투투투투투투 널 좋아해. 널 좋아해. 널 좋아해.

피투성이소녀 홀든 코필드, 제인에어, 베르테르, 골트문트와나르치스 안녕! 니나, 스트릭랜드, 스티븐 디덜러스, 데미안, 안녕!

피투성이소녀 (총소리 흉내를 내며) 투투투투투투 투투투투투투 투투투투투 투투투 투투투투투투투투 투투투투투투투투 투투투투투 투투투투.

소년과 소녀는 변기 속으로 뛰어든다.

그리고 스스로 밸브를 누른 후,

변기의 뚜껑을 닫는다.

변기 물 내려가는 소리가 한동안 들린다.

2. 무단횡단하는 의족 남와 비만 여

어두컴컴한 고속도로 한 가운데.

의족을 찬 남자와 선천적인 비만으로 거대한 살덩이를 달고 있는 여자가 도로 한가운데에서 무단횡단을 하려고 준비 자세를 취하고 있다.
4번타자 야구 유니폼을 입고 있는 의족을 찬 남자가 치어걸 유니폼을 한 비만 여에게 도루의 방법을 가르치고 있다.

의족 남 160킬로.

비만 여 160킬로.

의족 남 야구공의 속도.

비만 여 야구공의 속도.

의족 남 트럭이 고속도로를 질주하는 속도와 같아.

비만 여 트럭이 고속도로를 질주하는 속도와 같아.

의족 남 두려움을 이겨내야 해, 도루를 하려면.

비만 여 도루를 하려면 두려움을 이겨내야 해

의족 남 그래야지, 참다운 도루왕이 될 수 있어, 넌.

비만 여 난 여자 도루왕이 될 거야.

의족 남 넌 도루여왕이 되는 거야. 도루 여왕!

비만 여 도루여왕과 도루왕이 결혼하면 우리의 왕국을 건설할 수 있을까.

의족 남 젊었을 때 우리 아버진 한 해에 50개가 넘는 도루를 성공

하곤 했었어. 관중들이 미친 듯이 환호성을 질러댔지. 그 환
호성을 넌 들어보지 못해서 몰라. 난 잊을 수 없어.

트럭이 굉음을 내며 그 둘 앞에 놓여있는 고속도로를 빠르게 지나간다.

비만 여 넌, 저 트럭이 무섭지 않아?
의족 남 상대팀 투수들은 1루에 있는 우리 아버질 신경 쓰느라 도
무지 공을 제대로 던지질 못했지. 우리 아버진 ′대도′라 불
렸거든. 큰 도둑. 모두들 우리 아버질 그렇게 불렀어.
비만 여 나도 도둑이 되고 싶어. 훔치고 싶은 게 너무 많아.

의족을 찬 남자가 도루 모션을 취한다.

의족 남 난 은행을 털 거야.
비만 여 난 옷가게를 털겠어.
의족 남 두 팔을 양쪽 허벅지에 닿을락 말락… 이렇게 올려놓고.
비만 여 양쪽 허벅지 위에, 닿을락 말락….
의족 남 발목의 근육은 미리 가볍게 풀어주고.
비만 여 가볍게 풀어준다, 가볍게 풀어준다.
의족 남 한 발자국씩, 조금씩 리드를 하는 거야.
비만 여 조금씩 리드…, 이렇게?
의족 남 아니야. 너한텐 뭔가가 빠져있어. 중요한 뭔가가 빠져있어.
비만 여 그게 뭔데?
의족 남 은행을 털겠다는 투지.
비만 여 투지?

의족 남   옷가게를 털겠다는 투지. 160킬로의 속도를 이기겠다는 투지.

비만 여   ….

의족 남   반드시 큰 도둑이 되겠다는 열망.

비만 여   내 몸 때문이야. 내 몸 때문에 그런 게 어디에 숨어있는지 찾질 못하겠어.

의족 남   니 몸과는 아무 상관도 없어. 날 따라해 보는 거야. 몸에 긴장을 풀어.

비만 여   알았어… 좋아. 알았어.

의족 남   나는 저 트럭보다 더 빠르다.

비만 여   나는 저 트럭보다 더 빨라.

의족 남   내 심장은 저 트럭의 엔진보다 더 빨리 뛴다.

비만 여   내 심장은 저 트럭의 엔진보다 더 빨리 뛴다.

비만에 걸린 여자가 의족을 찬 남자의 모습과 너무나 흡사하게
도루 모션을 취하고 있다.

의족 남   상대편 내야진을 뒤흔들어 놓아야 해.

비만 여   상대편 내야진을 뒤흔들어 놓겠어.

의족 남   언제 뛸 것인가 결정하고, 마음이 흔들려서는 안 돼. 투수의 어깨를 잘 관찰해. 어떤 순간을 포착해야 하는지 온 몸의 신경을 집중시키는 거야. 기회를 잡아. 기회가 오면 절대 망설여서는 안 돼. 기회란 지나가 버리고 나면 빠른 속도로 늙어버려. 죽어버려. 인간처럼 늙고 죽어버리지.

비만 여   끔찍해.

의족 남 내 몸처럼 빠르게 노화현상이 일어나는 거야.

비만 여 나한테 몇 번의 기회가 찾아올까? 몇 번일까?

의족 남 단 한 번. 단 한 번이기 때문에 기회인 거야. 나머진 다 쓰레기야. 쓰레기!

비만 여 쓰레기야. 쓰레기야. 쓰레기야.

의족 남 쓰레기야. 쓰레기야. 쓰레기야.

비만 여 쓰레기! 쓰레기!

의족 남 우리 아버지가 항상 이런 말씀을 하셨지. 도루란 자신한테 주어진 운명을 극복하는 행위다. 난 홈런을 칠 수 있는 어깨를 가지지 못했다. 그런 건 훈련을 통해서는 결코 얻어질 수 있는 것이 아니다. 타고나는 것이지. 하지만 난 다리 하나만은 누구보다 강했다. 그래서 내 운명을 극복해 보기로 했었다. 이 두 다리로 운명을 개척해 보겠다고.

비만 여 난 너의 두 다리에 반했었어. 너의 그 두 다리만 보고 있으면 세상에 무서운 게 하나도 없어.

의족 남 자 이제 준비해.

비만 여 준비됐어.

의족 남 트럭 소리가 들려?

비만 여 소리가 들려, 아주 커.

의족 남 달려!

비만 여 간다!

의족을 찬 4번타자와 비만 여인 치어걸이
고속도로를 무단횡단 하기 시작한다.
둘은 고속도로를 달리기 시작한다.

의족 남   난 비둘기만 먹고 살아가겠어. 난 은행을 털겠어.

비만 여   난 비둘기만 먹고 살아갈 거야. 난 죽어버리겠어.

의족 남   트럭들이 몰려와. 저 트럭들이 보여?

비만 여   트럭들, 트럭들, 트럭들! 트럭들 불빛들이 보여!

의족 남   몸이 근질근질 거려. 온몸이 근질근질 거려. 나는 도루왕이
          될 거야.

비만 여   난 도루여왕이 될 거야. 힘내라. 힘. 힘내라 힘. 빅토리 빅토
          리 빅토리 브이아이시티오알와이 빅토리!!!

트럭의 몰려오는 굉음이 점점 더 크게 들려온다.

트럭들이 4번타자와 치어걸을 치고 달린다.

어느 순간 트럭들의 헤드라이트 불빛 속에 그 두 남녀의 모습이 비친다.

4번타자와 치어걸이 공중을 날고 있다.

3. 이를 닦는 상복 입은 소년과 소녀

상복 입은 소녀의 자취방.
불빛이 환한 방, 상복을 입고 있는 소년과 소녀가
불빛이 환한 방에 누워 이빨을 닦고 있다.
소녀가 이를 닦으며 노래를 부른다.

상복입은소녀 One little two little three little babies. Four little five little six little babies. Seven little eight little nine little babies….

상복입은소년 어처구니가 없다.

상복입은소녀 Ten little baby bugs. Oh, Yeah!….

상복입은소년 어이가 없다.

상복입은소녀 Ten little nine little eight little babies. Seven little six little five little babies….

상복입은소년 황당무계하다.

상복입은소녀 Four little three little two little babies….

상복입은소년 괴상망측하다.

상복입은소녀 One little baby bug….

상복입은소년 무모하다.

상복입은소녀 Oh Yeah!

상복입은소년 막막하다.

상복입은소녀 ….

상복입은소년 … 난 내가 싫다.

상복입은소녀 난 그런 말들이 좋아. 난 내가 싫다. 모든 건 내 탓이 아니다. 난 내가 싫다.

상복입은소년 (멍하니 천장을 바라본다)

상복입은소녀 (멍하니 천장을 바라본다. 다시 이를 닦는다)

상복입은소년 너 변기에 빠트린 칫솔로 이빨 닦아 본 적 있어?

상복입은소녀 변기?

상복입은소년 그래, 변기.

상복입은소녀 (이 닦는 걸 멈추며) 물 좀 줘, 입 헹구게.

상복입은소년 돈도 없고, 춥고, 한 밤 중이라 슈퍼에 가기도 싫고. 근데 입에선 시궁창 냄새가 나는 거야.

상복입은소녀 물 좀 줘.

상복입은소년 그럴 때 어떻게 해야겠냐. (칫솔을 들어올려 쳐다본다) 깨끗이 빨아야겠지?

상복입은소녀 넌, 그런 칫솔로 이 닦고 싶니?

상복입은소년 꺼림직 하겠지?

상복입은소녀 오줌 똥 묻은 칫솔로 닦고 싶니?

상복입은소년 근데… 나 그걸로 닦고 있다.

상복입은소녀 (소년을 외면하며 돌아눕는다)

상복입은소년 (돌아눕는다)

상복입은소녀 (킥킥거리며) 황당무계하다는 말, 이럴 때 써먹는 거구나.

상복입은소년 (킥킥거리며) 가끔씩, 이게 변기에서 건진 칫솔이구나, 하고 생각하면 나도 어이없을 때가 있어. 근데 자꾸 까먹어. 변기 속에 뭐가 들어있었는지는 잘 생각도 안 나구. (칫솔을 다시 들어 올려 쳐다본다) 닦을만해. (다시 닦는다) 봐, 문제없잖아.

상복입은소녀 난 그만 닦을래.

상복입은소년 (더욱 열심히 닦는다)

상복입은소녀 물 좀 달라니까.

상복입은소년 (칫솔을 입에 물고 소년이 눈을 감는다. 꼼짝하지 않는다) 움직이기
싫어.

상복입은소녀 … 아, 막막하다.

상복 입은 소년과 소녀는 칫솔을 입에 물고 한동안 천장을 바라본다.

상복입은소년 저 벽지….

상복입은소녀 응?

상복입은소년 저 벽지, 지저분하다….

상복입은소녀 지저분하네.

상복입은소년 저거, 뜯어버릴까?

상복입은소녀 뜯어서 뭐하게?

상복입은소년 … 뭐가 나올까?

상복입은소녀 응?

상복입은소년 저거 뜯어내면, 뭐가 나올까?

상복입은소녀 벽밖에 더 나오겠어?

상복입은소년 뜯어볼래?

상복입은소녀 … 아무 것도 안 나와.

상복입은소년 (소녀에게 물이 담긴 컵을 건네며) 입 헹궈.

상복입은소녀 (컵을 다시 건네며) 너도 헹궈.

상복 입은 소녀와 소년은 사이좋게 손을 잡고 가글을 한다.

소년과 소녀가 일어난다.

상복 입은 소녀와 소년은 손톱으로 벽에 붙어 있는 벽지를 뜯기 시작한다. 벽지는 좀처럼 뜯어지지 않는다.

상복 입은 소녀가 머리핀을 풀어 벽지를 뜯어내기 시작한다.

상복 입은 소년은 주머니에서 스위스 칼을 꺼내 벽지를 뜯어내기 시작한다.

그러나 곧 두 사람은 지쳐서 벽에 등을 기대고 앉는다.

상복입은소년 무슨 생각해?

상복입은소녀 … 아무 것도.

상복입은소년 뭔가 생각하는 표정 같아….

상복입은소녀 머릿속이 텅 빈 것 같아.

상복입은소년 뭔가 생각하는 표정 같은데?

상복입은소녀 아무 생각 안 해.

상복입은소년 어떻게 아무 것도 생각 안 할 수가 있어? 뭔가 생각하는 표정인데.

상복입은소녀 진짜로 내가 하고 있는 생각이 뭔지 모르겠어.

상복입은소년 그럼 생각이 많은 거네.

상복입은소녀 (고개를 천천히 좌우로 갸우뚱거려본다) 그런데 생각이란 게 어떤 거야? 어떤 때는 생각이 없는데 생각을 하는 척 살아야할 때도 있잖아? 정말 아무 생각도 하지 않아.

상복입은소년 그렇다고 잠만 잘 순 없잖아.

상복입은소녀 정말 끔찍해, 생각을 하며 살아가야 한다는 건.

상복입은소년 사는 데 의미가 있다면 좋을 텐데.

상복입은소녀 ….

상복입은소년 그냥… 좋을 것 같아서… 그게 있으면.

상복입은소녀 우리가, 있잖아, 여기에, 이렇게. 그걸로는 안 돼?

상복입은소년 난 뭔가 하고 싶어.

상복입은소녀 아무 것도 안하는 것도 쉽지 않아. (다시 방바닥에 몸을 눕힌다) 사는 게 재밌다고 생각했다면 정말이지 난….

상복입은소년 (혼자서 다시 벽지를 뜯는다)

상복입은소녀 정말이지 난… 사는 게 힘들었을 거야.

상복입은소년 (벽지를 뜯으며) 뭔가 하지 않으면 안 된다고 생각해. 우린 뭔가 해야 해.

상복입은소녀 사는 게 재미없다는 거, 나한텐 정말 다행스러운 일이야.

상복입은소년 사람이라도 죽이고 싶을 정도야. 뭔가 했으면 좋겠어.

상복입은소녀 ….

상복입은소년 사람이라도 죽이고 싶어.

상복입은소녀 너….

상복입은소년 … 뭐?

상복입은소녀 아니야.

상복입은소년 뭐?

상복입은소녀 아니야.

상복입은소년 뭐?

상복입은소녀 … 아니야.

상복입은소년 (갑자기 소리치며) 말을 했으면 끝까지 말을 하란 말이야. 말을 시작했으면… 끝까지 무슨 말인지 알 수 있게, 매듭을 지어. 우리 부모님처럼 나한테 할 말 못하지 말고. 답답한 거 싫어.

상복입은소녀 너… 꿈이 많아 보여. 난 그런 남자 싫어.

상복입은소년 ….

상복입은소녀 꿈은 사람을 괴롭혀. 꿈이 없다는 건 아주 좋은 건지도 모르는데… 꿈이 없다는 건 편해. 아주 무척. 꿈이 있는 척 살지 않아도 되구, 남을 속일 필요도 없어. 넌 그걸 배울 필요가 있어. 꿈이, 없을 수도 있다는 거. 누구나 꿈을 다 갖고 사는 건 아니니까.

상복 입은 소녀가 소년을 외면하고 옆으로 돌아눕는다.

상복입은소년 또 잘 거야?

상복입은소녀 ….

상복입은소년 또 잘 거야?

상복입은소녀 안 자… 쓸쓸해, 너무 많이 자고 나면… 그냥 참을 수 없이 쓸쓸해져.

상복입은소년 내가 옆에 있어도… 그래? 쓸쓸해?

상복입은소녀 (잠시 침묵) 나, 다시 잠이나 잘까봐.

상복 입은 소년이 옷을 입는다. 양말을 신는다.
양말을 다 신은 소년은 신발을 신기 위해 현관문 쪽으로 걸어간다.
소년이 구두를 신는다.
구두 사이즈가 작은지 소년의 발이 구두에 잘 들어가지 않는다.
소년이 주머니에서 스위스 칼을 꺼내 구두의 뒤꿈치 부분을 칼로 잘라낸다.

상복입은소녀 우리 섹스해.

상복입은소년 (신발을 신으며) 아빠 구두는 항상 작아. 아빠 발은 항상 작았어.

상복입은소녀 우리 섹스해… 구두 벗어.

상복입은소년 방금 전에, 조금 전에 했잖아.

상복입은소녀 또 해. 잘 기억이 안 나. 섹스는 하고나면 금방 잊어버려.

상복입은소년 너 그러는 것도 이제 지긋지긋해.

상복입은소녀 구두 벗어. 양말도 벗어. 니 맨발이 보고 싶어.

상복입은소년 내가 옆에 있어도… 넌 언제나 혼자잖아?

상복입은소녀 포르노를 찍어 볼래? 그럼 기억이 잘 날지도 몰라. 우리 둘이 하는 걸 찍어보는 거야. 그래서 그걸 니 친구들한테 팔아. 모두들 다 기억할 수 있게. 잊어버리지 않게. 난 그냥 누워서 자고 있을게, 죽은 물고기처럼. 니 맘대로 다 해도 좋아.

상복입은소년 난 갈 거야. 머리가 복잡해.

상복입은소녀 엎드려서 내 엉덩이도 보여줄까?

상복입은소년 관둬.

상복입은소녀 카메라 앞에서 자위도 해 보일게. 가운데 손가락으로 클리토리스를 문지를까? 손가락을 거기에 넣는 것도 보여줄게.

상복입은소년 제발 그만둬.

상복입은소녀 그 애들은 그런 것도 보고 싶어 할까?

상복입은소년 남자들은 다 보고 싶어할걸.

상복입은소녀 (신음소릴 낸다) 헉헉헉헉헉헉헉헉헉헉헉헉헉헉헉헉헉헉헉헉.

상복입은소년 (웃는다)

상복입은소녀 구두 벗을 거지?

상복입은소년 ….

상복입은소녀 니 맨발을 보고 싶어.

상복입은소년 알았어.

상복입은소녀 다신 내 앞에서 양말 신는 모습 보이지마. 다시 내 앞에서 신발 신지 마. 약속해. 내가 허락하기 전까진 절대, 절대… 알았지?

상복입은소년 신지 않을게, 절대.

상복입은소녀 역시 넌 날 잘 아는 내 남자친구야.

소년은 신발을 벗고 방으로 다시 들어온다.
소년은 창틀에 놓여 있는 상추모종과 깻잎, 고추 모종이 심어져 있는 스티로폼 화분 앞으로 간다. 그리곤 상추와 깻잎, 고추에 물을 듬뿍 뿌려 준다.

상복입은소년 이 상추들이 다 자라면, 우리 옥상에 올라가서 상추에 밥 싸먹자. 상추에, 깻잎에 된장하고, 고추장을 듬뿍 쳐서. 한 여름에 너무 더우면, 차가운 물에 밥을 말아서 된장에다 고추를 찍어 먹자.

상복입은소녀 물주지 마.

상복입은소년 이놈들이 어서 빨리 자랐으면 좋겠어.

상복입은소녀 상추에 물주지 마. 고추에 물주지 마. 물주지 말란 말이야.

상복입은소년 ….

상복 입은 소녀가 이불을 뒤집어 쓰고
한동안 말없이 자신의 모습을 감춘다.
소년은 이불을 뒤집어 쓴 소녀에게 다가가
소녀의 몸 일부 어딘가에 가만히 손을 올려놓는다.

상복입은소녀 상추가 날 괴롭혀. 깻잎이 날 괴롭혀. 부서진 밥통이 날 괴롭혀. 찌그러진 냄비하구, 칠이 벗겨진 후라이팬이… 날 괴롭혀, 날 괴롭혀, 날 괴롭혀. 손잡이가 부서진 주전자가 날 괴롭혀. 아침마다 창밖으로 들어오는 햇살이 날 괴롭히고, 바람에 펄럭이는 커튼이 날 괴롭혀. 바닥에 떨어져 있는 라면 부스러기들, 썩어가는 음식물 쓰레기, 화장실 안에 쌓아둔 내 팬티들, 더러워진 양말들, 낡아빠진 신발들… 난 왜 아직까지 살아있는 거지? 그걸 정말 모르겠어. 나는 왜 살아가고 있는 거지?… 어제 아침엔 이불에 오줌을 쌌어. 더 이상 화장실에 가서 오줌을 누고 싶지 않았어. 사는 게 너무 괴로워. 움직이고 싶지가 않아.

상복입은소년 우리 밥해서 먹을래? 그럼 힘이 날 거야.

상복입은소녀 날 칼로 찔러줘.

상복입은소년 뭐?

상복입은소녀 칼에 찔린 채 오래오래 누워 있고 싶어. 피 흘리는 기분이 어떨까?

상복입은소년 이렇게 이불을 꼭 뒤집어쓰고 있으면 어떻게 칼로 찔러? 찌른다고 해도 들어가지도 않겠다.

상복입은소녀 약속해 줄래? 날 칼로 꼭 찔러줘.

상복입은소년 꼭 찔러야해, 칼로?

상복입은소녀 총은 너무 간단하잖아. 그리고 구하기도 힘들고. 총을 구하다가 난 늙어죽고 말 거야. 칼이었음 좋겠어. 따뜻하고 축축한 피가 내 몸을 휘감았으면 좋겠어. 느껴보고 싶어. 아, 이런 게 죽는 거였구나!

상복입은소년 그만해. 이런 얘기 더 이상 듣고 싶지 않아.

상복입은소녀 사람들한테 내 클리토리스와 엉덩이를 보여줄래? 날 기억
시키고 싶어.

상복입은소년 장난이었어, 널 화나게 하려고 했던 게 아니었어.

상복입은소녀 니 친구들이 정말로 그걸 샀으면 좋겠어.

상복입은소년 이렇게 함부로 몸을 막 굴려도 돼?

상복입은소녀 내 클리토리스와 엉덩이를 정말로 보여주고 싶어.

상복입은소년 왜?

상복입은소녀 … 맛있는 점심을 먹고 싶어.

상복입은소년 …?

상복입은소녀 어떤 맛일까? 그 돈으로 사먹는 점심은… 근사한 코스 요리
를 주문할 거야. 두툼한 스테이크를 알맞게 썰어 우아하게
입안에 넣고 오래오래 씹을 거야. 내 클리토리스를 씹는 맛
은 이런 거구나!… 넌 어떤 표정일까?

상복입은소년 지금까지 몇 명의 남자와 잔 거야?

상복입은소녀 … 몰라… 그런 건 알 수 없어.

상복입은소년 셀 수 없을 정도로 많은 건 아닐 거 아냐?

상복입은소녀 … 내 손가락과 발가락 수 더한 만큼.

상복입은소년 그럼, 몇 번째야? 나는 몇 번째냐구? 난 니 발가락 어디쯤에
있는 거야?

소녀가 이불 속에서 왼쪽 발을 내민다.

상복입은소녀 왼쪽 마지막 새끼발가락, 내가 가장 사랑하는.

상복입은소년 ….

상복입은소녀 만져줄래?

상복입은소년 (왼쪽 새끼발가락을 쓰다듬는다)

상복입은소녀 … 마음이 평온해져.

상복입은소년 한 번 더 할까? (콘돔을 만지작거린다)

상복입은소녀 난 콘돔이 싫어.

상복입은소년 다른 남자하고 잘 때도 콘돔을 안 끼고 한 거야?

상복입은소녀 … 응.

상복입은소년 (소년이 갑자기 운다)

상복입은소녀 울지 마.

상복입은소년 어떻게 그럴 수가 있어?

상복입은소녀 울지 마.

상복입은소년 어떻게 그럴 수가 있어?

소녀는 이불 속에서 나와, 소년을 꼭 안아준다.

상복입은소녀 (소년의 눈물을 닦아주며) 난 에이즈에 걸릴 거야. 에이즈에 걸리면, 에이즈 미인대회에 나갈 거야. 보츠와나에 가서 꽃무늬 드레스를 입고 멋지게 걸어볼 거야.

상복입은소년 보츠와나?

상복입은소녀 이 세상에서 에이즈 환자가 가장 많은 곳. 거기에서 에이즈 미인대회를 연대. 오늘 뉴스에서 봤어.

상복입은소년 (킥킥대며 웃는다) 하지만 넌 에이즈에 걸리기엔 너무 게을러.

상복입은소녀 (킥킥대며 웃는다) 하긴 그래.

상복입은소년 (킥킥대며 웃는다) 그래도 넌 예쁘니까 꼭 상을 받게 될 거야. 내가 꽃다발을 들고 갈게.

상복입은소녀 (킥킥대며 웃는다) 아프지만 않으면, 죽음만 기다리며 사는 것도 괜찮을 텐데… 인도에는 죽음을 기다리는 집이 있다고 하던데. 그곳엔 죽음을 기다리는 사람들이 모여서 인생을 살아간대.

상복입은소년 니가 죽음을 기다리는 동안, 난 뭘 하지?

상복입은소녀 … 독수리가 되면 어떨까?

상복입은소년 독수리?

상복입은소녀 독수리가 돼 줄 수 있어, 사막 하늘을 나는?

상복입은소년 독수리가 돼 줄 게, 사막 하늘을 나는.

상복입은소녀 난 너의 먹잇감이 되고 싶어. 예전에 책에서 사막의 독수리는 인간의 영혼을 자유롭게 해주는 동물이라고 했던 기억이 나. 그래서 사람이 죽으면 독수리의 먹이가 될 수 있게, 사막 한 가운데 놓아둔대. 난 거기에 놓이고 싶어. 그러면 황금 머리 독수리 떼가 날아와서는 가장 먼저 내 눈알을 빼어먹고, 그리고 내 살들을 조금씩 떼어먹는 거야.

상복입은소년 ….

상복입은소녀 내 눈알을 독수리들이 좋아할까?

상복입은소년 니 눈알은 어떤 동물이든 다 좋아할 거야. 예쁘니까.

상복입은소녀 남자들이 내 비디오를 보면서 자위 하는 것도 나쁘지는 않을 것 같아. 그 남자들도 사는 게 재미없을 지도 모르잖아.

상복입은소년 (뜬금없이) 나 게이가 될까.

상복입은소녀 ….

상복입은소년 여자 옷을 입고, 귀고리를 하고, 립스틱도 바르고. 몇 시간 동안 공들여 화장을 한 후 게이 바에서 노래를 부르는 거야. (흥얼거린다) One little two little three little babies, Four little five little six little babies….

소녀가 소년의 바지 안으로 손을 넣는다.

소녀가 소년의 성기를 만진다.

소년은 여전히 노래를 흥얼거리고 있다.

상복입은소녀 (소년의 성기를 만지며) 너의 작은 새는 아직 잠을 자고 있니?

상복입은소년 … 자고 있어. 작은 새니까, 열심히 자둬야 어른이 되거든.

상복입은소녀 나도 더 열심히 자뒀어야 했어. (사이) 작은 새가 일어났다! 입으로 해줄까?

상복입은소년 내 작은 새를 독수리로 만들어 줄 사람은 너밖에 없어.

상복입은소녀 (만지는 걸 그만 둔다) 너무 딱딱해. 부드러운 걸 입에 넣고 싶은데… (따분하게 뒤척이며) 심심하다. 죽기 좋을 만큼 딱 심심한 날이야.

상복입은소년 너도 뭔가 해봐.

상복입은소녀 이 지루함을 끝내는 거?

상복입은소년 뭐든지. 너를 지루함에서 구해줄… 뭔가 쓸모가 있다고 생각되는 일… 나는 지금의 나하구 작별하고 새롭게 태어나고 싶어. 우린 살아 있잖아. 살아있다는 건 꿈을 꿔야 하는 건지도 몰라.

상복입은소녀 그럼 꿈꾸지 않아도 되는 방법을 찾아보면 되잖아. 그것도 꿈이 될 수 있잖아.

상복입은소년 난 뭔가를 하지 않으면 안 돼.

상복입은소녀 난 아무 것도 해서는 안 돼.

상복입은소년 우린 아직 아무 것도 해보지 않았잖아.

상복입은소녀 그 딴 거 말고 재밌는 얘기 없어?

상복입은소년 나 게이가 될까?

상복입은소녀 그딴 거 말고 딴 얘기 해봐.

상복입은소녀 ….

상복입은소녀 너한테 일어났던 일.

상복입은소녀 ….

상복입은소녀 난 다 들어줄 수 있어.

상복입은소년 싫어, 오늘은.

상복입은소녀 그럼 이제부턴 너하고 섹스 안 할 거야.

상복입은소년 ….

상복입은소녀 두 번 다시 내 몸을 못 만지게 할 거야.

상복입은소년 … 거기, 털도?

상복입은소녀 못 만져.

상복입은소년 정말 너의 클리토리스를 못 만져?

상복입은소녀 못 만져.

상복입은소년 왼쪽 새끼발가락도?

상복입은소녀 ….

상복입은소년 … 얼마 전에 부모님이 자살했어. 어떻게 그런 짓을 할 수
가 있는지… 아무리 이해해보려고 노력해도 어처구니가 없
어, 이제 내가 고아라니. 이런 식으로 고아가 되는 건, 가족
끼리 자살에서 혼자 살아남은 것보다 더 생뚱맞은 일이야.

상복입은소녀 그 표현 맘에 들어. 생뚱맞다… (옷을 들추고 자신의 가슴으로 소
년의 손을 가져간다) 얘기 해준 데 대한 선물이야.

상복입은소년 따뜻해.

상복입은소녀 나 끝낼까봐….

상복입은소년 뭘?

상복입은소녀 니가 만지고 있는 이 따뜻함. 사는 건 꿈을 꿔야 가능한 일

이라며. 난 꿈도 없고 살고 싶지도 않아. 그렇다고 딱히 죽고 싶은 것도 아니고. 다만 끝내고 싶을 뿐이야….

상복입은소년 죽을 각오로 살라는 말도 있잖아.

상복입은소녀 넌 너를 바꾸기 위해 뭘 해봤니?

상복입은소년 염소똥 밭에 굴러도 이승이 좋다. 난 그 말이 맞다고 생각해.

상복입은소녀 염소똥 같은 소리하고 있네! 죽을 각오로 사는 게 얼마나 힘든데. 게다가 더 황당한 건 죽을 각오를 하고 또 해도 진짜로 죽는 건 쉽지가 않다는 거야. 쳇, 세상엔 쉬운 게 하나도 없어.

상복입은소년 … 맞아.

상복입은소녀 … 응. 정말 그래.

상복입은소년 세상엔… 쉬운 게… 하나도 없어.

상복입은소녀 (목소리 밝고 높게) 날 강간하고, 죽여 볼래?

상복입은소년 ….

상복입은소녀 (더 밝고 높고 명랑하게) 날 강간하고, 죽여 볼래?

상복입은소년 … 싫어.

상복입은소녀 우리 공동의 꿈을 이루는 건데도?

상복입은소년 … 싫어.

상복입은소녀 나 살해당하고 싶어. 처음이야, 살해당한다는 말이 이렇게 멋진 말이라고 생각이 든 건. 넌 살인을 하는 거고, 난 살해당하는 거야.

상복입은소년 싫어.

상복입은소녀 너와 내가 무언가를 하면서 아무 것도 하지 않을 수 있는 멋진 기회라구. 넌 뭔가를 할 수 있는 기회를 갖게 되고, 난 너를 통해 의미 있는 일 한가지 쯤 하게 되는 거지. 넌 의미 없는 나를 팔아서 너의 인생을 새로 살 수 있어. 난 내 인생에서 가장 느껴보고 싶었던 죽어가는 느낌을 맛볼 수 있을 거야. 넌 살인자로 다시 태어날 수 있어. 이건 내가 너에게 줄 수 있는 마지막 선물이야. 니가 그 선물을 받아주는 순간 난 구원 받을 수 있을 거야.

상복입은소년 ….

상복입은소녀 니가 해줬으면 좋겠어. (휴대폰을 소년에게 건넨다) 선물은 여기에 담아서 간직해.

상복입은소년 누가 널 죽이고 싶대?

상복입은소녀 마지막으로 내 몸을 만질 수 있는 기회야. 나하고 마지막 섹스를 할 수 있는 기회야.

상복입은소년 그래도 못해.

상복입은소녀 (소년의 얼굴을 양손으로 감싸며) 나를 봐.

상복입은소년 싫어.

상복입은소녀 내 몸을 만져. 마지막으로. 니가 아니라도 언젠가 누군가는 이 일을 하게 될걸, 다른 남자들이!

상복입은소년 … 싫어.

소녀가 소년의 뺨을 아주 강하게 때린다.

소년은 그 충격으로 온몸이 휘청인다.

소년은 소녀의 눈을 쳐다보다,

소년은 고개를 숙인다.

소녀가 다시 소년의 뺨을 때린다.

소년이 고개를 들고 소녀의 눈을 뚫어질 듯 바라본다.

상복입은소녀 니가 뭔가 하고 싶다고 말하는 건 다 거짓말이야. 새롭게 변한다는 건 죽을 만큼 어려운 일이라는 거 알면서, 폼이나 잡고 있는 거라구. 나를 강간해. 나를 죽여! 감옥에서 니 인생을 다시 시작해. 감옥에서 니 인생을 새롭게 시작해. 새로운 인생을 살 수 있는 마지막 기회를 잡아. 게이 바에 가서 노랠 부르겠다고? 니 머릿속은 완전히 똥만 차있어. 똥만 들었어. 니 얼굴에 똥을 싸주고 싶을 정도야.

상복입은소년 사람을 죽이고 싶진 않아!

상복입은소녀 니 얼굴에 똥을 싸주고 말 테야.

상복입은소년 … 〈스크림〉이라는 공포영화가 있어… 부모님이 자살한 걸 알고, 나 잠을 잘 수 없을 것 같아서 비디오 가게 들러서 공포영화 하나를 빌렸어. 그 영화, 이렇게 시작해. 비명소리. 어딘가에서 비명소리가 들려. 비명소리. 비명소리. 어딘가에서 비명소리가 들려. 여기에서도, 저기에서도 위에서도 아래에서도 온통 비명소리가 들려. 비명소리! 비명소리! 비명소리! 비명소리! 비명소리! 정말로 괴로워서 울부짖는 걸까? 너무 고통스러워서 비명을 지르고 있는 걸까. 아니면, 아니면 감독이 그냥 그렇게 시켜서 그러는 걸까. 감독이 그렇게 시켜서 그러는 걸까… 감독이 시켜서… 감독이 시켜서…감독이 시켜서 그러는 걸 거야.

상복입은소녀 나를 묶고 내 옷을 벗겨.

상복입은소년 ….

상복입은소녀 날 저기 벽 모서리에 매다는 건 어때?

상복입은소년 ….

상복입은소녀 어서, 자. 어서. 나를 죽이기에 딱 좋은 날이잖아. 너도 심심하잖아. 나만큼 심심하잖아. 심심해서 죽겠잖아.

상복입은소년 니 신음소리… 내가 니 안에 들어갔을 때, 니가 내는 그 심심하고 아름다운 신음소리가 그리울 거야.

상복입은소녀 (웃는다) 넌 역시 끝까지, 재미없어.

상복입은소년 (웃는다)

상복입은소녀 (미소 지으며) 자, 어서.

상복입은소년 (휴대폰을 받아든다)

상복 입은 소녀가 벽에 다가가 선다.

상복입은소녀 좋아. 이제 핸드폰을 내가 잘 보이는 곳에 놔. 내가 잘 찍히는 곳에.

상복 입은 소년이 카메라 겸용 핸드폰을 화장대 위에 올려놓는다.

상복입은소년 오늘은 내 생애 가장 심심하지 않은 날이 될 거야.

상복입은소녀 일이 끝날 때까지 지루하지 않았으면 좋겠어.

상복입은소년 촬영이 끝나면 내가 아는 모든 사람들한테 이 화면을 전송할게.

상복입은소녀 내 몸이 잘 보여?

상복입은소년 … 응

상복입은소녀 … 이제 니 주머니에서 칼을 꺼내는 거야. 스위스 칼.

상복입은소년 (칼을 꺼내며) 몇 분짜리 찍는 거지?

상복입은소녀 … 30초.

상복입은소년 30초….

생복입은소녀 30초 안에 날 죽여야 하는 거야.

생복입은소년 하지만 그건 무리야. 난 한 번도 사람을 죽여본 적이 없는 걸.

생복입은소녀 난 살아오면서 잠만 자서, 금방 죽을 거야. 칼도 쑥쑥 잘 들어갈 걸.

생복입은소년 아파도, 잘 참아.

생복입은소녀 처음으로 죽어보는데, 아파서 살고 싶어지면 어떡하지? (웃는다)

생복입은소년 (웃는다) 어떡하지?

생복입은소녀 아픈 건 정말 싫어.

생복입은소년 나, 감옥에서… 시작할 게. 내 새로운 인생을 시작할게, 시작할게. 아침마다 철창이 열리는 소리를 들으면서 눈을 뜨고, 호루라기 소리에 맞춰서 세면장으로 걸어 갈 거야. 수많은 사람들 사이에 끼어 길게 줄을 서고, 차례대로 식판에 밥을 덜고, 순식간에 아침식사를 마친 다음엔, 내가 맡은 작업장으로 가는 거야. 난 세탁소 일을 맡았으면 좋겠어. 세탁기에 빨래들을 넣고, 빨래들을 기다리는 거야. 그렇게 기다리다 보면 점심식사를 알리는 나팔 소리가 들리겠지. 나는 일렬로 줄을 서고, 반찬 중에 내가 좋아하는 반찬을 발견하기라도 하면 그 하루가 정말 행복하다고 나는 생각하게 될지도 몰라. 건조시킨 시트들을 세탁소 작업장에서 같이 일하는 친구와 탁탁 순서에 맞게 개고, 그것들을 각 감방에 넣어주는 거야. 저녁이 오면 저녁 점호를 받고 일찍 잠이 드는 거야. 나팔 소리와, 교도관의 취침을 알리는 발소리, 나는 내 이름이 아니라, 번호로 불리겠지? 난 내 이름보다 내가 번호로 불리는 게 더 편하다고 느끼게 될 지도 몰

라. 나는 그 번호를 사랑하게 될 지도 몰라. 그건 니가 준 나의 새로운 이름이니까.

상복 입은 소년은 소녀와 같이 키운 상추를 뜯어먹는다.
상추 모종과 깻잎과 고추 모종에 달린 작은 이파리들이
하나씩 하나씩 소년의 입 속으로 사라진다.

상복 입은 소년이 칼을 들고 소녀에게 다가간다.

잠시 후…

소년이 소녀의 몸을 칼로 찌르는 소리가 한동안 들려온다.

4. 닭 배달 남녀의 수영실력

강이 보이는 고속도로 한 가운데.

어둔 밤, 활짝 열려진 닭 배달 냉동차 냉동 칸에서
은은한 불빛이 새어나오고 있다.
닭 배달 냉동차 옆에 서 있는 닭 배달 여자.
닭 배달 남자가 냉동차 밑에서 기어 나온다.

닭배달남자 거기 펜치하고 드라이버 좀 줘 볼래요?

닭 배달 남자가 냉동차 밑으로 다시 들어간다.

닭배달남자 나하고 닭집이라도 해볼래요?

닭배달여자 네?

닭배달남자 닭집 말이에요. 찜닭 집도 좋고, 통닭집도 좋고.

닭배달여자 ….

닭배달남자 왜 대답이 없어요?

닭배달여자 (웃는다) 후라이드. 난 기름에 튀긴 닭이 좋아요.

닭배달남자 후라이드?! 좋아! 돌돌치킨 뭐 그런 거 말하는 거죠?

닭배달여자 아뇨. 우리 이름으로 된 가게였으면 좋겠어요.

닭배달남자 우리 이름이요? 난 내 이름 싫은데… 당신 이름으로 해요.

닭배달여자 우리 두 사람 이름으로 해요.

닭배달남자 　순희와 영수의 치킨 집…, 손님들이 올까요?
닭배달여자 　자신 있어요.

남자가 냉동차 밑에서 얼굴을 내밀며 나온다.
남자의 얼굴에 시커먼 기름얼룩이 묻어있다.

닭배달남자 　정말 그 이름으로 하면 손님들이 많이 올까요?
닭배달여자 　자신 있어요.
닭배달남자 　그럼 우리가 이제 동업자가 된 겁니까?
닭배달여자 　우리가 결혼한 거예요.
닭배달남자 　아… 결혼. 결혼! 결혼 선물로 강아지를 사줄까요? 키워보
　　　　　　 지 않을래요? 당분간은 아이를 낳을 수 없는 형편이니까.
닭배달여자 　네. 당분간은 아이를 가질 수는 없어요.
닭배달남자 　그 강아지들 이름을 뭐로 지을까요?
닭배달여자 　강아지들이에요?
닭배달남자 　그래도 혼자는 좀 외롭잖아요. 둘은 돼야지.
닭배달여자 　그럼 딸이요, 아들이요?
닭배달남자 　딸, 아들이 뭐가 중요해요? 그거 상관없이 부를 수 있는 이
　　　　　　 름요.
닭배달여자 　….
닭배달남자 　우리처럼 초등학교 교과서에도 나오는 흔한 순희, 영수 이
　　　　　　 런 이름 말고요, 뭔가 특별한 이름이었으면 좋겠어요. 딱 한
　　　　　　 번 들으면, 아 그 이름 좋다, 하고 생각되는 이름요.
닭배달여자 　….
닭배달남자 　뭐 없을까요?

닭배달여자　은행나무 어때요?

닭배달남자　네? 은행나무요?… 그럼 다른 아이는요?

닭배달여자　다른 아이는… 글쎄요? 계수나무….

닭배달남자　계수나무? 은행나무와 계수나무… 조금 이상한 이름들이
네요.

닭배달여자　그게 우리가 데려올 강아지 이름들이에요. 잘 어울리죠?

닭배달남자　그래요. 아이들이 그렇게 커주기만 한다면, 나는 찬성이에요.

해머를 들고, 남자는 다시 냉동차 밑으로 기어들어간다.

닭배달남자　이 짓도 이제 그만이에요. 거기 스위스 칼 좀 찾아서 주겠
어요?

냉동차 밑으로 손을 뻗는 남자.
여자가 스위스 빅토리 녹슨 칼을 찾아, 남자의 손에 쥐어준다.

닭배달남자　(밑에서) 난 스위스에 가서 칼을 사는 게 소원이에요. 거기 가
서 좋은 칼들을 보고 싶어요.

남자가 노래를 흥얼흥얼 부르기 시작한다.
그 흥얼거림에 여자가 춤을 춘다. 냉동차 주변을 맴돌며 춤을 춘다.
갑자기 남자의 흥얼거림이 멈춘다.
한참동안 남자의 기척이 들리지 않는다.
여자는 기쁨으로 가득한 기분으로 냉동차 밑에서 남자가 나오기만을
기다린다.

남자가 다시 흥얼거리기 시작한다. 하지만 그 흥얼거림은 어딘가
고통스럽게 느껴진다.

여자가 다시 냉동차 한 바퀴를 돌며, 살포시 춤을 춘다.

춤을 추다, 여자가 냉동차 바닥으로 피가 새어나오는 것을 발견한다.

닭배달여자   여보!!

닭배달남자   … 걱정하지 말아요. 걱정 말아요.

닭배달여자   무슨 일이에요?

닭배달남자   걱정 말아요. 그냥 손을 좀 베었을 뿐이에요… 근데 죽을
것 같아요.

닭배달여자   뭐라구요?

닭배달남자   손목에 칼을 박았어요. 실수에요. 실수로 손목에 칼을 박고
말았어요… 너무 당황해서 칼을 뽑고 말았어요. 피가 사방
으로 튀어요. 사방으로 흘러요.

닭배달여자   나와요. 거기에서 나와요. 거기에서 빨리 나와요.

닭배달남자   나갈 수 없어요. 온통 내 몸이 피로 범벅이에요. 이런 모습
당신이 무서워하면 어떡하죠?… 이런 닭대가리 같은 트럭!
이 닭대가리 같은 트럭 때문이에요.

닭배달여자   나와 봐요. 거기에서 나와 보란 말이에요.

닭배달남자   알았어요. 나갈게요. 겁먹지 말아요. 제발 겁먹지 말아요.

남자가 냉동차 밑에서 나오는데 그의 몸은 온통 피범벅이다.

왼쪽 손목에서 끊임없이 피가 뿜어져 나오고 있다.

닭배달남자   나 무서워하지 말아요.

닭배달여자 　이 닭대가리. 이 닭대가리. 이 닭대가리.

여자가 옷을 찢어 남자의 손목을 감싸주지만 남자의 손목에선
점점 더 많은 피가 흘러내린다.
여자가 갑자기 냉동차를 발로 차기 시작한다.

닭배달여자 　이 닭대가리. 이 닭대가리. 이런 데서 고장 나면 어떡하란
말이야. 이런 데서. 이 닭대가리야. 이 닭대가리들이 결국
내 남편까지 집어 삼켰어. 그럴 순 없어.

여자가 냉동실 안으로 뛰어 들어간다.
흰 살결의 한 무더기 닭들을 끄집어 내온다.
여자는 한 무더기의 닭들 사이에서 잠시 미끄러져 쓰러진다.
여자가 한참을 그 닭들 사이에서 일어나지 못한다.

닭배달남자 　괜찮아요? 무서워하지 말아요. 무서워하지 말아요.

여자가 닭들 사이에서 일어나더니, 어둠 속에서 희미하게 반짝이고 있
는 강물로 흰 살결의 닭들을 집어던지기 시작한다.

닭배달여자 　한 마리, 두 마리, 세 마리.
닭배달남자 　뭐하는 거예요?
닭배달여자 　어차피 홍수 때문에 떼죽음 당한 닭들이잖아요. 이런 닭들
은 처음부터 사지도 말았어야 했어요. (던지며) 네 마리. 다섯
마리….

109

닭배달남자 그러지 말아요. 그러지 말아요.

닭배달여자 원래 이것들이 있던 자리에 되돌려 놓는 거예요. (던지며) 잘 가라, 잘 가라, 잘 가라, 잘 가라.

닭배달남자 미안해요. 겁먹지 말아요. 당신은 겁을 먹었어요.

닭배달여자 난 겁먹지 않았어요. 뭐해요? 당신도 던져요!

남자가 닭을 집어 던지기 시작한다.

닭배달남자 한 마리, 두 마리, 세 마리….

여자와 남자는 어둔 강물 속으로 닭들을 쉼 없이 던지기 시작한다.
던지면서 숫자를 너무도 크게 외친다.
문득 여자가 닭 던지는 것을 멈추고,
옷을 벗기 시작한다.
남자는 닭을 던지다 말고 그런 여자를 멍하니 쳐다본다.

닭배달 여자 (하늘을 보며) 비가 쏟아지려나 봐요.

닭배달 남자 … 옷은 왜 벗으셨어요?

닭배달 여자 일기 예보를 깜빡 까먹고 있었어요. 아까 뉴스를 들으니까, 이 지역에 300m 넘게 집중호우가 쏟아진다고 하던데요. 그럼 이 자갈밭도 물에 잠기겠죠? 이 냉동차도 떠내려가겠죠? 홍수가 나면 또 여기저기서 양계장의 닭들이 떠내려오 겠죠… 지겨워요.

거센 집중호우 소리와 함께

검은 강물 위로 흰 살결의 닭들이 둥둥 떠다닌다.

강물로 뛰어드는 여자.

둥둥 떠다니는 흰 살결의 닭들 사이에서 수영실력을 뽐내는 여자.

닭배달 남자 잠깐만요. 잠깐만요. 거기 가만, 거기 가만 계세요!

닭배달 여자 여보, 나 수영실력 어때? 이래봬도 내가 물 위에 떠있는 거
하나는 자신 있다. 발장구 하나는 힘이 좋거든. 당신 닭들이
수영하는 거 못 봤죠? 아마 나보다는 못 할 거예요.

여자가 닭들과 어울려 회오리를 일으킨다. 점점 회오리는 거세지고,
그 회오리가 여자마저 삼킨다.

강물 속으로 가라앉는 여자와 흰 살결의 닭들.

닭 배달 남자가 온몸의 피범벅이 된 채 바닥에 쓰러져 죽는다.

5. 아직도 공중을 떠다니는 의족 남과 비만 여

비만녀로 살아온 여자가 치어걸 복장을 하고 공중을 떠다니고 있다.
4번타자 야구복 유니폼을 입은 의족 남이 공중을 날고 있다.
비만녀가 치어술을 흔들며 응원가를 부르고 있다.

비만 여 빅토리, 빅토리 우리 자기 빅토리, 브이아이시티오알와이 우리 자기 빅토리. 화이팅!

의족 남 (벌레들을 보며) 개미야, 너희들은 저 트럭들이 무섭니? 베짱이들아, 도루에 성공하려면 두려움을 이겨야 한다. 귀뚜라미들아, 도루란 자신한테 주어진 운명을 극복하는 거다. 마음에 들지 않는 자신의 운명을 개척하는 거지.

남자가 가벼운 몸 돌림으로 도루의 포즈를 취해본다.

의족 남 트럭들이 다가오고 있다, 메뚜기들아. 메뚜기들아, 저 트럭들이 무섭니?

비만 여 아니요 난 도루여왕이 될 거에요. 무단횡단왕이 될 거에요. 아무도 막을 수 없어요. 아무도 우리들이 무단횡단왕이 되는 걸 막을 수 없어요. 아무도 막을 순 없어요. 우리들은 우리의 운명을 개척할 거예요. 극복할 거예요. 우리들의 운명은 아무한테도 방해받지 않을 거예요.

의족 남 벌레들아, 자 이때다. 뛰어. 뛰어라. 벌레들아, 뛰어라, 뛰어

라. 아빠는 1루를 돌고 있잖니. 아빠는 2루를 돌고 있잖니. 아빠는 3루를 돌고 있단다. 벌레들아, 내 아이들 벌레들아, 아빠는 도루왕이란다.

트럭의 굉음이 의족을 찬 남자 앞을 지나간다.

비만 여 여보, 힘내요 힘. 힘내요, 힘. 힘내요, 힘. 소똥구리야, 장구벌레야, 딱정벌레야, 힘내라 힘, 힘내라 힘! 풍뎅아, 집게벌레야, 벼룩들아, 벼룩들아! 빅토리! 빅토리! 브이아이시티 오알와이! 빅토리! 와아아아아!

의족 남 뛰어, 벌레들아, 벌레들아, 아빠는 1루를 달리고 있단다. 아빠는 2루를 달리고 있단다. 아빠는 3루를 달리고 있단다. 아빠는 이제, 이제 집으로 가고 있단다.

6. 사막에서 외계인들을 기다리는 벌레들

지구상에서 가장 큰 사하라 사막.

작열하는 태양, 숨이 막힐 듯한 뜨거운 공기,

원초적으로 빛나는 광활한 모래의 바다,

그 끝이 없는 길 한 가운데

피투성이 소년이, 피투성이 소녀가, 의족 남과 비만 여가 서 있다.

먼 길을 걷는 동안 현기증과 목마름과 친구가 되어버린 그들,

사하라의 모래 위에 상복을 입은 소녀와 닭 배달 여자, 남자가 서 있다.

비만 여 눈을 뜰 수가 없어. 눈알이 태양 때문에 다 녹아내릴 것 같아.

피투성이소녀 이빨에 모래가 달라붙었어. 떨어지질 않아. 퉷퉷퉷. 누구 물 좀 없어?

피투성이소년 (좌측, 우측, 뒤쪽, 앞쪽을 살피며) 모두가 똑같잖아. 똑같아. 아까부터 계속 똑같았어. 우린 길을 잃은 거야.

닭배달 남자 분명 이곳 어디쯤이라고 했어.

닭배달 여자 저기, 저길 봐. 모래언덕이야! 저 엄청난 모래언덕을 봐. 저게 우리가 그곳에 와 있다는 증거야.

의족 남 우린 수 천 개도 더 되는 엄청난 모래언덕을 지나왔어.

피투성이소년 (위를 보며) 똑같아, 하늘까지.

닭배달 여자 그것들은 작았어, 지금 저 앞에 있는 것하고는 비교도 할 수 없어.

피투성이소녀 대체 언제쯤이면 도착할 수 있는 거지? 퉷퉷퉷!

비만 여 눈을 못 뜨겠어. 눈알이 다 녹아내렸나봐. 태양이 내 몸을 다 녹이고 말 거야.

닭배달 남자 분명 여기 어디쯤이라고 했어. 외계인들이 곧 보일 거야. 여기에서 일단 기다려 보는 거야. UFO가 분명 보일 거야.

상복입은소녀 미스터리 서클은 어디에 있지? 그곳엔 미스터리 서클이 있다고 했잖아. 그걸 찾아야 해. 외계인들이 수천 년 전부터 지구에 그려놓은 메시지.

피투성이소녀 바람만 불어도 그런 그림들은 순식간에 덮여버릴 걸. 여긴 모래밖에 없으니까. 분명한 건 우린 길을 잃어버렸다는 거야. 다 똑같아, 사방을 둘러봐도. 대체 여기가 어디지?

닭배달 남자 여기에서 기다려보는 거야. UFO를 볼 수 있을 때까지. 외계인을 만날 때까지.

비만 여 난 더 이상 못 걷겠어. 난 여기에서 기다린다는 데 한 표!

닭배달 여자 나도 여기서 기다린다는 데 한 표.

피투성이소녀 그럼 나도 한 표.

상복입은소녀 외계인을 만나게 된다 해도 무슨 얘기를 할 수 있을까? 누구 외계인과 대화할 줄 아는 사람 있어?

피투성이소녀 텔레파시는 어떨까? 텔레파시라면 나, 좀 할 줄 아는데.

닭배달 남자 어떻게 하는 거지, 그거?

피투성이소녀 생각을 집중하는 거야, 한 가지 생각에만 집중하는 거지.

닭배달 남자 그리고?

피투성이소녀 그게 전부야.

비만 여 어떤 생각에 집중해야 하는데?

피투성이소녀 외계인과 대화할 수 있다!

모두들 ….

비만 여 … 몸으로 대화를 시도해 보는 건 어떨까?

비만 여는 몸으로 동작을 만들어 보이며
외계인과의 가상대화를 만들어본다.

비만 여 (몸동작으로) 안녕하세요. 이렇게 움직이는 게 '안녕하세요'
야. 우린 당신들을 만나러 왔답니다. 우린 먼 곳에서 당신들
을 만나기 위해, 사막을 건너왔답니다. 우주선을 타기 위해
우린 이곳까지 힘들게 왔답니다.

피투성이소녀 그만 좀 해.

상복입은소녀 미스터리 서클을 찾을 수 없다면, 우리가 집적 몸으로 미스
터리 서클을 만드는 거야. 우주선에서 내려다봤을 때 알아
볼 수 있게.

상복 입은 소녀가 의족 남과 피투성이 소년을 바라본다.
나머지 사람들도 그 둘을 바라본다.

의족 남 … 좋아. 해보자.

피투성이소년 (고개를 끄덕이며) 지금은 그 방법밖엔 없으니까.

그들은 자신들의 몸으로 미스터리 서클을 만들어 본다.

비만 여 이건 영국의 옥수수밭에 새겨져 있던 건데, 열쇠고리 같은
모습을 하고 있었어.

그들은 함께 미스터리 서클을 만든 후,

UFO를 기다린다.

하지만 오지 않는다.

그들은 하늘만 바라본다.

의족 남 (함께 미스터리 서클을 만들며) 이건 미국의 옥수수밭에 새겨져 있던 건데, 꽈배기 모양을 하고 있었어.

피투성이소년 (만들며) 이건 어떨까? 세일즈베리 평원지역에 새겨져 있던 건데, 개미 같은 모양을 하고 있었던 것 같아.

피투성이소녀 너구리 머리 모양의 미스터리 서클은 어떨까?

상복입은소녀 방석 모양의 미스터리 서클을 본 적 있어? 거기에 앉으면 정말 폭신할 것 같았는데.

닭배달여자 저기 봐! 저기 누군가 걸어오고 있어.

그들은 순간 동작을 멈추고 닭 배달 여자가 가리키는 곳을 바라본다.

의족 남 몸이 하얀 게 사람은 아닌 것 같아.

비만 여 몸집이 아주 작아 보여.

닭배달 여자 어린 아이야.

닭배달 남자 저거 크레이라고 불리는 외계인이 아닐까? 책에서 본 적이 있는 것 같아.

피투성이소녀 근데 너무 작은 걸. 외계인은 우리보다 커야 되는 거 아냐? 마치 초등학교에 갓 입학한 아이 같잖아.

상복입은소녀 예뻐. 개구쟁이처럼 보여.

닭배달 여자 누굴 닮아서 저렇게 예쁠까?

피투성이소년 (외계인이 걸어오다 넘어졌는지) 넘어졌어. 외계인도 걷다가 넘
　　　　　 어지나? 누구 외계인이 걷다가 넘어졌다는 얘기 들어본 사
　　　　　 람 있어?

의족 남　 바람에라도 날아갈 것 같아, 저 외계인.

비만 여　 손 흔들고 있는 것 같지 않아?

닭배달 남자　손을 흔들고 있는 건가?

피투성이소녀 누구, 저 외계인한테 손을 흔들어 줘봐.

그들 모두는 손을 흔들어 준다.

피투성이소년 (손을 내리며) 손을 흔들고 있었던 게 아닌가? 허우적거리는
　　　　　 것 같은데.

비만 여　 누구, 저 외계인 이름 알고 있는 사람 있어? 이름을 알면 우
　　　　　 리가 나쁜 사람들이 아니라는 걸 알려줄 수 있을 텐데.

모두　　 ….

의족 남　 최초로 발견한 사람의 이름을 따서 저 외계인의 이름을
　　　　　 짓자.

닭배달 남자　발견한 건 내가 제일 먼저니까, 내 이름을 따서 짓겠어. 영
　　　　　 수야~

의족 남　 반응이 없는데. 성진~

피투성이소년 원종아~

피투성이소녀 혜진아~

닭배달 여자　순희야~

비만 여　 윤경아~

상복입은소녀 성룡아~

의족 남　그거 남자 이름 아닌가?

상복입은소녀　성룡아~

비만 여　앗, 내 눈! 모래가 또 들어갔어.

피투성이소년　바람이 불고 있는 것 같은데. 어디서 부는 거지?

피투성이소녀　퉷퉷퉷! 모래를 또 삼켰어.

닭배달 남자　바람이 불고 있어! 바람이 불고 있어!

　　　그들은 주변을 둘러본다.

피투성이소년　하늘이 어두워지고 있어.

의족 남　모래폭풍이 오고 있는 거야.

닭배달 남자　모래폭풍?

피투성이소녀　그게 오면 어떻게 되는데?

의족 남　….

피투성이소녀　또다시 길을 잃어버리겠지. 우리가 어디에 있는지조차 모
　　　르게 될 거야.

비만 여　저 외계인은 어떡하지?

상복입은소녀　모래 속에 영영 파묻히고 말 거야. 구해내야 해.

의족 남　이미 늦었어. 모래 폭풍이 외계인 바로 뒤에 와 있잖아.

　　　그때 강력한 바람이 그들을 휩싼다.
　　　그들 일곱은 서로의 손을 잡고 모래폭풍을 견딘다.

닭배달 여자　아이를 구해내야 해요.

닭배달 남자　외계인이 뭐라고 소리치는 것 같은데!

피투성이소녀 살려달라고 손을 흔들고 있어.

비만 여 누가 좀 가봐.

피투성이소녀 뭐라고 하는 거지? 바람소리 때문에 들을 수가 없어.

의족 남 우리한테 구조를 요청하는 거야.

비만 여 누가 좀 가서 저 외계인 좀 구해봐.

피투성이소녀 외계인이 모래 속에 파묻히고 있어.

피투성이소년 모래 속으로… 묻히고 있어.

닭배달 남자 어떡하지? 우린 이제 구원받지 못할 거예요. 외계인들이 화를 낼 거라구. 외계인들도 우릴 저렇게 버려 둘 거야.

상복입은소녀 (운다)

피투성이소년 다시 태어나면 우린 뭐가 되어 있을까?

모두들 …. (고개를 숙인다)

비만 여 꽃잎이 될 수 있을까. 초록 잎. 아주 흔한. 바보처럼.

상복입은소녀 난 다시 태어나면 무당벌레가 되고 싶어. 태어나면 쥐며느리가 되고 싶어. 다시 태어나면 하얀 개미가 될 테야.

의족 남 … 모래언덕이 사라지고 있어.

모두들 모래언덕이 있던 쪽을 바라본다.

닭배달 남자 모래언덕이, 저 엄청난 모래언덕이 사라지고 있다!

그들은 모래언덕이 사라지는 것을 바라본다.

그들은 거친 모래폭풍을 견디며, 언덕이 사라지는 것을 바라보고 있다.

바람이 약해지더니, 이내 바람이 멎는다.

닭배달 여자 사라졌어. 모래언덕이 사라졌어. 감쪽같이. 원래부터 없었던 것처럼.

피투성이소년 모래폭풍과 함께 언덕이 날아가 버렸네. 우린 지금까지 그 언덕을 찾아 헤매고 있었는데.

의족 남 이런 일은 비일비재할 거야, 이 사막에선.

피투성이소녀 이젠 어쩌지? 이제 우린 어쩌지?

모두들 ….

의족 남 다시 떠나야지. 그 언덕을 다시 찾아가야지.

닭배달 남자 우린 그 어디에도 갈 수 없어. 언덕은 찾을 수 없어.

비만 여 우린 처음부터 속았던 거야. 우리는 항상 속아왔잖아. 죽어서도 속은 거야.

의족 남 … 지도 따윈 처음부터 아무 의미 없었던 건지도 몰라. 우린 길을 잃어버렸다고 믿어왔지만 길을 잃어버린 것이 아니었던 건지도 몰라. 길이 변했으니까. 길은 항상 변하고, 어쩌면 길을 찾아보겠다는 우리의 생각이 착각에 불과했었는지도 모르겠어. 모래언덕이 우리 눈앞에서 순식간에 사라져 버렸어. 그 모래언덕은 어쩌면 우리가 걸어온 반대 쪽 어딘가로 또 다시 옮겨졌는지도 몰라. 그러니까 길을 잃어버렸던 것이 아니야. 길은 항상 움직이고 있는 거야. 항상 움직여 왔어. 그러니까 우린 길을 이미, 벌써, 찾았었는지도 몰라. 우린 길을 찾았던 거야. 우린 길을 가고 있었고, 우린 길이 변한다는 것을 받아들여야만 해. 우린 어떤 순간이 와도 결코 길을 잘 못 들어섰다고 생각해서는 안 되는 거였어. 길이 없어졌다고, 더 이상은 나아갈 길이 없어졌다고 믿어버려서는 안 되었던 거였어. 멈춰서는 안 되었던 거야. 중

121

지해서는 안 되었던 거였어. 처음부터 길을 찾겠다는 것…
우리가 우리 자신을 속이고 있었던 거야.

상복입은소녀 외계인은… 꼬마 외계인은 어떻게 됐을까?

피투성이소녀 어디로 갔을까?

닭배달 남자 어디로 갔을까?

비만 여 누가 그 외계인 좀 찾아봐.

의족 남 이 사막에서?

비만 여 그래도 찾아봐야 하지 않을까? 찾아서 묻어주기라도 해야지.

피투성이소년 모래언덕 자체가 없어져버렸는데도?

비만 여 어딘가에 묻혀있지 않을까?

피투성이소년 여기가 아닌 다른 어딘가에 묻혀있겠지.

닭배달 여자 어디에 묻혀있을까?

상복입은소녀 … 이 사막이 그 애의 무덤이 되어버렸네.

피투성이소녀 사막이 그 애의 무덤이 되어주었으니까, 우리가 그 외계인
의 묘비명이 되어주자. 외계인의 죽음을 마지막까지 본 목
격자들이니까.

비만 여 묘비명엔 뭐라 쓸 건데?

피투성이소녀 뭐라 쓸까?

그들은 생각에 잠긴다.

닭배달 남자 그래! 좋은 묘비명에 떠올랐어.

피투성이소녀 뭔데?

닭배달 남자 외계인이 여기 잠들다. 어때?

비만 여 외계인이 여기 어딘가에 잠들다, 가 맞지 않을까?

피투성이소년 외계인이 여기 어딘가에, 아니면 여기가 아닌 다른 어딘가에 잠들다, 가 더 정확하지. 그 외계인이 어디에 묻혔는지는 누구도 정확하게, 확실하게 대답할 수 없잖아.

의족 남 외계인이 모래 속에 잠들다.

피투성이소녀 어? 괜찮은데. 그 정도면 문제될 게 없겠는 걸. 모두들 어때?

그들은 각자 묘비명을 읊조려 본다.

모두들 외계인이 모래 속에 잠들다. 외계인이 모래 속에 잠들다. 외계인이 모래 속에 잠들다. 외계인이 모래 속에 잠들다. 외계인이 모래 속에 잠들다. 외계인이 모래 속에 잠들다. 외계인이 모래 속에 잠들다.

그들이 묘비명을 읊조리는 동안,
UFO의 굉음이 고막을 찢어놓을 듯 들려온다.
그들 일곱 명의 머리 위로 눈부신 빛이 쏟아져 내려온다.
눈이 멀 듯한 그 광원을 그들은 올려다본다.

7. 혼자 남겨진 상복 입은 소년

어느 지하철역 화장실 안.

상복 입은 소년이 화장실에 앉아있다.

소년은 벽에 낙서된 말을 따라 고개를 돌려본다.

소년은 벽에 낙서된 말을 입으로 발음해 본다.

상복입은소년 위를 보시오. (고개를 든다) 아래를 보시오. (고개를 숙인다)

옆을 보시오(고개를 돌린다) 오른쪽을 보시오(고개를 돌린다)

왼쪽을 보시오(고개를 돌린다) 뒤를 보시오(고개를 돌린다)

앞을 보시오 (고개를 돌린다) 위를 보시오(고개를 든다)

소년이 위를 보며 해맑게 웃기 시작한다.

상복 입은 소년이 스위스 칼을 꺼내, 화장실 벽에 글자를 파기 시작한다.

상복입은소년 오늘도 나는 잡히지 않았다. 경찰들은 아직도 나를 잡지 못하고 있다. 나는 하루에 14시간을 잔다. 저녁 8시간, 낮엔 6시간을 잔다. 나는 거의 매일처럼 잠을 자고 그 잠에 내 몸을 맡긴다. 언제부터인지 나는 내 몸을, 내 인생을 잠에 맡긴다. 그리고 내가 깨어있는 시간의 대부분을, 내가 무슨 꿈을 꾸었는지, 생각해 내기 위해 보낸다. 내 삶의 의미를 찾을 수 있기라도 하는 냥. 나는 열심히 꿈을 기억해내기 위해 하루를 보낸다. 나는 오늘도 잡히지 않았다.

삿포로에서의
윈드서핑

등장인물

지 옥(여)   25살(패밀리 마트 여직원. 비만녀)
최면술사(남)   29살
스튜어디스(여)   29살

무대

최면 치료실.
왼쪽 벽면이 위스키 장식장으로 꾸며져 있고
오른쪽 무대 앞 쪽에 식탁과 식탁 의자가 하나씩 놓여있다.
그 옆에는 최면치료를 할 때 쓰이는, 의자가 놓여있는데
비행기 좌석과 같은 느낌이 든다.

무대 중앙에 커다란 검정색 슈트케이스가 놓여있다. 그 위에 앉아
스튜어디스가 유리로 된 멀미약(캡슐)을 흔들어 본다.
한참을 들여다보기도 한다.
캡슐들을 딴다. 캡슐들 안에 고여 있던 액체로 투명한 잔을 가득 채
운다.

지옥이 위스키 장식장에 기대어 있다.
찻주전자를 들어서 커다란 두 개의 컵에 물을 따른다.
물을 따르고 나서, 굵은 소금을 손 안에서 컵 안으로 흘려 떨어트
린다.

최면술사가 식탁 의자에 앉아있다. 그는 지퍼라이터를 손에 쥐고,
껐다 켰다를 아주 느리게 반복하고 있다.

스튜어디스가 투명한 잔에 담긴 멀미약을 단숨에 들이킨다.
슈트케이스를 놔두고 떠난다.

1. 슈트케이스를 추억하며-인터뷰

지옥　슬픈 사랑 영화를 보고 사람들이 울잖아요. 그것도 일종의 최면상태에 빠지는 거라고 생각해요. 사랑이라는 것도 최면이 아닐까요.

최면술사　그녀의 이름은 슈트케이스입니다. 그녀가 그녀의 이름을 내게 가르쳐줄 때, 그렇게 말했습니다. 슈트케이스… 여행용가방….

지옥　처음에는 죽고 못 살다가도 헤어지고나면 언제 내가 죽고 못 살았나 하고 당황하게 되잖아요. 물론 죽을 때까지 그 최면에서 깨어나지 못하는 사람도 있긴 하지만요. 그렇게 되면, 병에 걸리는 거죠. 아주 오랫동안, 꼼짝없이, 앓아누워야 하는 병.

최면술사　슈트케이스… 그녀는 무수한 곳을 돌아 다녔습니다. 그녀는 짐을 쌉니다. 인생의 어느 날, 아무 것도 하고 싶지 않고 아무 것도 먹고 싶지 않은 날, 그녀는 짐을 쌉니다. 어떤 사람도 만나고 싶지 않으며 어떤 사람과도 말하고 싶지 않은 날 그녀는 짐을 쌉니다. 이동할 때야 말로, 유일하게 자신이 살아있다고 느끼는 순간이라며 그녀는 입버릇처럼 말했습니다.

지옥　대답해 줘요. 날 도와줄 거죠?

최면술사　낯선 거리를… 낯선 모래사장, 낯선 바닷가 호텔의 복도, 낯선 에스컬레이터와 길고 긴 지하도… 낯선 계단과 낯선 엘

리베이터 안… 그리고 텅 빈 공항. 우린 삿포로 행 비행기 안에서 만났습니다. 그녀는 추락하고 있던 내게, 탈출하는 방법을 친절하게 설명해 주었습니다. 나는 그녀를 구름 사이에서 만났습니다.

지옥 바닷가로 달려갔어요. 그곳에서 언니를 만났죠. 한동안 보지 못했던 언니. 언니의 두 손엔 은빛 서핑보드가 들려있었어요. 언닌 내 손을 이끌며 바다로 뛰어들었죠. 난 겁을 먹은 채 그저 바닷가를 서성거렸죠. 언니가 말했어요. 윈드서핑의 쾌감은, 파도를 타는 것에 있지 않다구. 그것의 쾌감은 서핑보드를 타고 있는 자기 자신의 아름다움에 있다구요. 언니는 파도가 부서지는 곳에서, 균형을 잃고 넘어졌어요. 그곳은 〈포인트 브레이크〉라고 불리는 지점이죠. 파도가 갈라지며 부글부글 끓어오르는 곳. 균형을 잃고 넘어졌을 때, 언니가 외치던 소리가 생각나요. "너무 짜! 너무 짜!"

최면술사 너무 짜. 그녀는 내게 물 한 잔을 가져다주었습니다. 나는 그것을 단숨에 들이마셨습니다. 나는 그때 죽고 싶다는 자기최면에 빠져 있었습니다. 하지만 그 물이 나를 자기최면에서 깨어나게 했습니다.

집채만 한 파도가 집채만 한 파도를 덮치며 부서진다.

지옥 끝없이 펼쳐진 바다가 보이고, 하얀 포말이 일고 집채만 한 파도가 고속열차처럼 언니를 덮치며 먼 곳으로 실어 날랐죠. 언니는 그 거대한 고속열차를 타고 행복한 짐승처럼 헤엄을 쳤어요. 그리곤 가끔 수면 위로 떠올라서는 황홀하고 환희에 넘치는 목소리로 이렇게 고함쳤죠. "너무 짜! 너무 짜! 너무 짜!"

지옥은 컵에 든 소금물을 단숨에 들이킨다.

최면술사 그녀가 나를 이끌었습니다. 되고 싶은 것도 많아졌고, 하고 싶은 것도 많아졌고, 먹고 싶은 것도 많아졌습니다. 늦잠도 아주 실컷 자고 싶어졌고, 못 먹어봤던 음식들도, 가보지 못했던 나라들도 가보고 싶어졌습니다. 지금 내가 어디에 있는지 알고 싶어졌습니다. 그녀가 나를 바로 이 확신에 가득 찬 곳으로 이끌고 데려 왔습니다. 그녀는 이 지퍼라이터를 내게 선물해 주었습니다. 나는 그 보답으로, 그녀를 고질적으로 괴롭히던… 멀미를, 멀미를 치료해 주었습니다.

지옥 황홀함으로 가득한 언니의 목소리. 난 그걸 잊을 수 없어요.

최면술사 그녀는 어느 텅 빈 공항 로비에 슈트케이스를 버려둔 채 떠났습니다. 슈트케이스는 그녀의 묘지가 되었습니다. 사람들이 그녀가 180개의 멀미약 캡슐을 단숨에 삼키고 잠이 들어버렸다고, 내게 알려주었습니다. 이제 더 이상의 멀미는, 그녀에게… 없을 겁니다.

지옥 이제 대답해 봐요. 날 도와줄 거죠? 내가 살을 빼는데… 언니가 죽은 이후로 몸이 30킬로나 불었어요. 이 집안에서 만들어지는 모든 음식은 내가 다 먹어치웠으니까요. 혼자서 안 해본 다이어트 방법이 없어요. 이제 아무 것도 먹지 않는 것. 그것밖에 나한테 남아있는 방법은 없어요. 나한테 최면 다이어트를 걸어줄래요. 당신만이 유일한 방법이에요.

(소금물 때문인지 갑작스런 구토가 밀려온다) 1주일 동안 아무 것도 먹지 않았어요. 담배도 술도… 죽음도 아닌, 우리한텐 새로운 최면이 필요해요.

최면술사 이건 다 사기야. 비열한… 사기. 다 집어치워. 아무런 효과도 없고 거짓이고, 헛된 꿈이야. 현실을 최면으로 바꿀 수 있다고, 아직도 믿어?… 다 끝났어.

지 옥 다섯에서 영까지 숫자를 새어 내려가세요. 다섯… 넷… 셋… 둘… 하나… 영.

최면술사 누군가가 죽었어.

지 옥 자 이걸 마셔요. 마셔요. 죽음의 그 달짝지근한 맛에서 벗어나세요.

최면술사 마시지 않겠어.

지 옥 형부의 마지막 환자가 되게 해줘요. 다른 환자들에게 했던 것처럼, 나한테도 똑같이 따스하고 부드러우며 단호한 목소리로 날 대해줘요. 당신 목소리로 내 영혼을 만져줘요. 날 만져줘요. 당신의 목소리를 되찾아 드리고 싶어요.

최면술사 가장 소중한 사람한테 사기를 쳤어. 우습지 않아? 효과가 있는 줄 알았어. 자신감 최면요법이 그녀의 우울증을 깨끗하게 쓸어버리고 있다고 믿었어… 그녀한텐 밝은 웃음이 어울렸어.

지 옥 자, 마셔요. (그의 몫의 컵을 내민다)

최면술사 지긋지긋해, 이젠.

지 옥 당신이… 마시지 않겠다면… 내가 마시겠어요.

마신다. 지옥이 구역질해대기 시작한다.

의식을 잃고 바닥에 쓰러진다.

최면술사   (라이터를 껐다, 켰다 한다) 나는 추락하는 비행기 안에 있다. 나는 추락하는 비행기 안에 있다. 추락하는 비행기 안에.

지퍼라이터 뚜껑을 닫는다. 어둠이 깔린다.
스튜어디스가 들어온다.

스튜어디스   이 비행기는 (위스키)까지 가는 (위스키)항공입니다. 목적지인 (위스키)국제공항까지의 비행시간은 이륙 후 (위스키)분/시간으로 예정하고 있습니다. 안전을 가장 먼저 생각하는 (위스키)기장과 (위스키)사무장, 그리고 (위스키)명의 승무원이 편안한 여행을 도와드릴 것입니다. 계속해서 비상구의 위치와 비상장비 사용법에 대해 안내해 드리겠습니다. 이 비행기의 비상구는 모두 (위스키)개로 좌우에 각각 있습니다. 비상시 비행기의 전원이 꺼질 경우 통로의 유도등이 자동으로 켜지며, 이 유도등은 비상구가 어디에 있는지 여러분을 안내할 것입니다. (유도등이 켜진다. 최면술사는 두려움과 외로움에 가득 찬다) 좌석벨트는 버클을 끼워 허리 아래로 내려서 조여주시고 풀 때는 덮개를 들어 올리면 됩니다. (최면술사는 벨트를 끼운다) 산소마스크는 선반 속에 있으며 산소공급이 필요한 비상시에 저절로 내려옵니다. (산소마스크가 내려온다) 마스크가 내려오면 앞으로 잡아당겨 코와 입에 대시고 끈으로 머리에 고정하여 주십시오. (최면술사는 따라한다) 여러분의 좌석 아래에 있는 구명복은 비행기가 바다에 내렸을 경우 사용하시기 바랍니다. 착용하실 때는 머리 위에서부터 입으시고 양팔을 끼운 다음 끈을 아래로 당기십시오. 노란색 손잡이를 양옆으로 잡아당겨 몸에 맞도록 조절해 주십시오. 탈출 직전 비상구 앞에서 붉은색 손잡이를 당기시면 됩니다. 저희 승무원은 마지막 순간까지 승객의 탈출을 돕도록 되어 있습니다. 편안한 여행되시기 바랍니다. (스튜어디스 나가려 한다)

최면술사　이봐요.

스튜어디스　네?

최면술사　담요 하나만 더 갖다 주겠어요?… 추워서요.

스튜어디스　(담요를 가져다 그의 몸에 덮어준다)

최면술사　이봐요.

스튜어디스　네 손님.

최면술사　나를 보면서, 한 번만 웃어줄래요.

스튜어디스　….

최면술사　친절하게, 한 번만 웃어줄래요.

스튜어디스　… 네 손님. 어렵지 않은 부탁이네요.

최면술사　(몸 전체를 휩싸는 외로움에 울기 시작한다)

스튜어디스　… 손님 괜찮으세요?

최면술사　추락해 본 경험이 있어요? 바닥끝까지 추락해 본 적이 있어요? 누군가 나한테, 누군가 단 한 사람이라도 나한테 탈출하는 방법을 설명해주기만 했더라면… 마지막 순간까지 날 돕겠다고 단 한 사람이라도 말해주기만 했더라면… 아무리 위급한 상황이라도 혼자 남겨두지 않겠다고 단 한 마디 말만 해줬더라면… (볼을 다정하게 쓰다듬는다. 친절함이 느껴지는 손

길이다) 열이 조금 있네요. 물 한 잔 하시겠어요, 손님?

최면술사　(고개를 끄덕인다)

스튜어디스　(물을 가져다준다)

최면술사　(물을 마신다) 으_으짜아!

스튜어디스　마지막 순간이 와도 당신의 탈출을 도울게요. 걱정 말고 이제 편안하게 주무세요. (스튜어디스는 나간다)

쓰러져 있던 지옥이, 가느다란 소리로 도움을 구한다.

지　옥　형부, 형부!⋯ 추워요.

최면술사　(스튜어디스의 환영에서 깨어난다)

지　옥　추, 추워요⋯ 형부.

최면술사가 지옥을 바라본다. 어떤 감정이 교차한다.

자신 때문에 추락하고 있는 한 사람의 떨고 있는 모습을 바라본다.

담요를 가져다 지옥을 덮어준다.

지옥을 안고 최면요법 의자에 지옥을 눕힌다.

2. 최면 다이어트 1단계

최면술사 몸 전체의 힘을 완전히 빼. 머릿속으로는… 아주 넓고 신비스런 해변을 상상해 봐. 바닷가, 마음이 느긋하고 평화로워져… 바다에 새 한 마리가 날아가고 있어. 그 새를 자기 자신이라고 생각해봐. 점점 멀어져. 한 점이 됐어. 보이지 않아. 없어졌어. 텅 비었어. 무심해졌어. 완전한 휴식과 아주 깊은 최면 속으로 빠져 들어가고 있어. 자… 이제 너는 아주 넓고 신비로운 해변을 걷고 있어. 발바닥에 닿는 모래의 따뜻함을 느껴봐. 너의 앞으로 한 여자가 걸어오고 있어. 늘씬하고 매력적인 여자가 걸어오고 있어. 산뜻한 옷을 입은 여자를 떠올려봐. 아주 늘씬하고 매력적인 여자가 걸어오고 있어. 그 여자의 여유와 단호함과 자신감을 상상해 봐. 충분한 여유와 평화를 느껴봐. 자, 그 여자의 모습을 똑바로 봐. 그 여유 있고 자신만만하고 단호한 태도를 바라봐. 그 여자의 두 눈을 똑바로 바라봐. 그 여자의 분위기를 음미해봐.

지옥의 최면 속 세계로 스튜어디스 유니폼을 입은 언니가 들어온다.
지옥은 눈을 똑바로 뜨고 언니를 바라본다.
언니의 몸매를, 언니의 자신만만함을,
단호한 태도와 여유가 있는 걸음걸이를.
그리고 매력적인 미소를.

지 옥   나도 저 여자처럼 될 수 있을까요. 날씬한 몸매에다 자신만만한 걸음걸이. 단호하고 여유가 있는 눈길, 그리고 타인을 설레게 하는 미소.

최면술사   음미해봐. 그 여자와 똑같이 될 수 있다고 다짐하고 다짐해봐. 여자의 얼굴이 점점 변하고 있어. 이제 너의 모습과 똑같아. 바로 너의 모습이야. 다이어트에 성공한 너의 모습이야. 너의 육체. 음식에 단호하며 자기관리에 철저하고 완전한 소식주의자가 된 너의 모습이야. 자 이제 속으로 셋까지 센 다음 천천히 눈을 떠. 자 깨어나면 아주 상쾌할 거야.

최면술사는 지퍼라이터를 탁! 하고 닫는다.
지옥은 최면의자에서 일어나 언니에게로 다가간다.
최면술사에게는 언니의 존재감은 느껴지지 않는다.
그의 눈에는 지옥의 움직임만이 보일 뿐이다.
최면술사는 식탁 의자에 앉아, 지퍼라이터를 아주 느리게
껐다, 켰다를 반복하기 시작한다.

지 옥   언니, 언니의 모습이 내 모습이래. 정말 그 말을 믿어?

스튜어디스   그럼, 난 니가 되는 거니?

지 옥   아니, 언닌 내가 아냐. 내가 될 수 없어. 되고 싶지도 않잖아. 언닌 언니야. 그리고 나도 언니야. 속으로 다짐하고 다짐하고 있어. 단지 내가 언니일 뿐이야.

스튜어디스   그럼, 웃어봐.

지 옥   웃어? 왜?

스튜어디스   내 모습하고 같아야 하잖아.

지옥은 힘껏 밝게 웃어보려 한다.

지 옥   어때? 이만하면 언니하고 비슷한가? 우린 자매잖아.

위스키 장식장 거울 앞으로 스튜어디스가 지옥을 이끌고 간다.

스튜어디스   위스키 해봐.
지 옥   뭐?
스튜어디스   위스키.
지 옥   위스키?
스튜어디스   그래…, 위스키. 내가 처음으로 연습했던 웃음이야. 하루에
수천 번도 더 위스키라고 말했어.

스튜어디스는 지옥의 머리를 쪽머리로 만들어 준다.

지 옥   위스키….

지옥이 여러 번 "위스키"를 해본다. 어색하다.
최면술사의 표정이 굳어진다. 그는 심각하게 일그러진 표정으로
지옥을 쳐다본다. 지옥이 서랍에서 립스틱 하나를 꺼내 바른다.
립스틱이 칠해진 입술로 지옥이 다시 "위스키" 하고 미소 짓는다.
"어때요?"라고 언니에게인지 최면술사에게인지 묻는다.
지옥의 얼굴에서 아내의 표정을 발견한 듯한 섬뜩함이
최면술사를 벌떡 일어나게 한다. 그는 위스키 장식장 거울 앞에 서 있는
지옥에게 다가간다. 이미 열려있는 서랍 안에서,

몇 개의 립스틱을 꺼내 지옥에게 건넨다.

최면술사 이걸 발라봐.

지 옥 (립스틱을 지우고 새로 바른다) 어때요?

최면술사 잘 어울려.

지 옥 이거 이름이 뭐예요?

최면술사 크리스천디올 320번

지 옥 크리스천… 이건요?

최면술사 430번

지 옥 크리스천디올 430번. 어떻게 그런 걸 다 알아요?

최면술사 … 내가 선물한 거잖아.

최면술사가 쪽머리를 한 지옥의 머리를 조심스럽게 풀어놓는다.

지 옥 어색해요?

최면술사 의자에 앉을 때 머리를 제대로 기대지 못하면 목 근육이 뻣뻣해져. 통증 때문에 잠을 못 자.

최면술사는 문득 당혹스런 표정으로 엉거주춤 선다.
그러다 황망히 치료실을 나간다.

지 옥 어색해… 나 같지가 않아.

스튜어디스 매일매일 화장하구 손톱손질도 하구, 그래야 돼. 머리손질도 하구.

지 옥 그런다고 이 원판이 어디 가겠어? 사람들이 날 어떻게 쳐다보는지, 모르지 언닌? 싸구려, 싸구려 취급해. 뚱뚱해서.

스튜어디스 위스키라고 발음해봐

지옥 위스키.

스튜어디스 하루에 수천 번이 넘게 연습했어. 위스키… 내가 되려면 그렇게 해야 해. 사람들한테 긍정적인 인상을 심어줘야 하거든. 매일 천 번이 넘는 30도 인사와 천 번이 넘는 미소를 지으면 어쩔 수 없이 위스키 중독자가 되어버려… 그 다음부턴 빠져 나올 수 없어.

지옥 (거울을 보며 속으로 '위스키' 하고 미소를 지어본다. 그러다 화들짝 놀라며 손으로 입을 가린다) 정말 보기 싫어. 보기 싫어… 괴물 같애. 난 왜 이 모양이지. 웃는 것조차 엉망이야. 살아온 게 다 그래. 괴물 같았어.

스튜어디스 그게 어때서. 난 니가 부러운 걸.

지옥 모르겠어. 왜 이 따위가 됐는지.

스튜어디스 내 초등학교 졸업식 날. 니 모습 기억나니?

지옥 (여전히 거울의 자신을 들여다보며) 왜 하필 나야. 왜 이 모양이야.

스튜어디스 졸업식 있기 며칠 전에 너… (웃음) 아버지는 널 다용도실에 가두고 문을 잠궜어. 반성하기 전에는 절대로 나올 생각 말라고 하셨지. 근데 넌, 갇힌 지 10분도 안 돼서 창밖으로 뛰어내렸어… 2층에서. 내 졸업식 날, 목발을 짚고 서 있는 널 보면서 아버지는 창피하다고 하셨지만, 난 졸업하는 내가 아니라 니가 주인공 같다는 생각을 했어.

지옥 이젠 아빠한테 혼났던 기억도 희미해.

스튜어디스 나 통쾌했어, 그때. 니가 응급차에 실려갈 때. 무서웠지만… 속이 후련했어. 겁에 질린 아버지 모습을 본 건 그때가 처음이었거든.

지옥 나한테 지금까지 전화건 적이 없어, 단 한 번도. 단단히 삐졌었나봐. 그때 내가 엄마 따라가겠다고 해서… 언닌 왜 연락하지 않았어, 나한테?

스튜어디스 한번도 상상해 본 적이 없었어… 돌아가실 거라고는… 믿지 않았어.

지옥 엄만 또 이혼했어. 이젠 지긋지긋해.

스튜어디스 아버진, 나한테 이빨 교정을 해야 한다고 하셨어. 스튜어디스가 될 거면 천박하게 보여선 안 된다고. 철제로 된 이빨 교정기. 내 뻐드렁니가 보기 싫다고 하셨거든. 천박하다고.

지옥 아빤 사람을 숨 막히게 해. 항상 그랬어.

스튜어디스 치과에 가려고 아버지하고 횡단보도 앞에 서 있었는데 난, 그냥… 아버지 손을 놓고 뛰어서 건너가 버렸어. 차들이 내 앞에서, 옆에서 급정거하는 소리가 났어. 우리 집 여자들은 유전인가 봐, 고집이 너무 쎄. 모두들 하나같이 엄마도, 너두… 나 다친 데는 없었어. 말짱했어. 파란불이 켜졌는데도 아버진 건너오지 않았어. 그냥 서 계셨지. 그래서 아버진 너무 많이 다쳤어.

지옥 나 같아도 그랬을 거야. 내가 엄마를 따라가지 않았다면.

스튜어디스 아버지 몰래 치과에 갔어. 교정기 끼우려고. 아버지 딸로 되돌아가고 싶었는데.

지옥 난 양아빠가 좋았어. 지금도 둘 중에 한 명을 선택해야 한다면 난 양아빠 쪽을 선택할 거야. 근데 엄만 또 딴 남자를 만나.

스튜어디스 이번엔 누굴 선택할 거니?

지옥   아무 것도… 날 선택할 거야. 지긋지긋해져서, 모든 게 다. 부모라는 거… 미안해. 내 인생은 괴물이었어. 그래도 언니는 스튜어디스가 됐잖아. 예뻐. 정말이야.

스튜어디스   아버지가 비행기 기장이셨으니까. 스튜어디스가 된 것 뿐이야. 이빨 교정기를 끼던 날 아버지를 보러 갔는데, 정말로 아버지가 죽고 없었어. 난 당장 그걸 뽑아 버렸어. 아버지의 흔적. 근데 그 이후부터 나 이빨에 계속 철제교정기를 끼고 있는 것 같아. 이 세상은 그냥 더 큰 교정기가 아닐까 하는 생각이 들어. 언제까지나 교정기를 끼고 있는 기분. 그런 기분에서 벗어날 수 있을까…? 어떻게 해야 할까. 이빨이, 너무 아려. 그냥 이 슈트케이스 안에 들어가서 영영 나오지 말까.

지옥   슈트케이스?

스튜어디스   내 호텔방. 내 잠자리. 떡이 되도록 위스키를 마시고, 이 안에 들어가서 자는 거야. 옷을 홀딱 벗고. 그리고 영영 잠들어 버릴까…, 잠들어 버릴까.

슈트케이스를 끌고 떠나려 한다. 지옥이 슈트케이스를 붙든다.

지옥   언니, 형부는 떠나려고 해. 이 집에서. 언니와 함께 살았던. 형부는 죽으려고 해. 언니 곁으로 가려 해. 난 그게 무서워. 형부가 언니 곁으로 가는 거.

스튜어디스   ….

지옥   말 좀 해봐. 이제부턴 난 언니잖아. 언니가 될 거잖아. 그런데 왜 떠나려는 거지. 형부가 언니에게 걸린 최면에서 깨어나게 해줘. 처음엔 죽고 못 산다고 생각하지만, 그 최면에서 깨어나면 자신이 언제 그랬냐는 듯이 당황하게 만들어줘.

스튜어디스 그 남자가 알아서 잘 할 거야. 최면술사니까. 자기한테 최면을 거는 거나, 최면에서 깨어나는 거 잘 알고 있어.

지옥 난 언니의 모습을 하고 있어. 언니란 말이야. 그런데 내 허락 없이 내 곁에서 떠날 수 없어.

스튜어디스. 슈트케이스를 놔두고 떠난다.
지옥의 손에 쥐어진, 여행용가방.
지옥은 여행용가방을 열어본다.
안에서 언니의 스튜어디스 제복을 꺼내 드는 지옥.
몸에 들어가지 않는 옷을 억지로 입으려 한다. 그러면서
스튜어디스 멘트를 연습해 본다.

지옥 계속해서 비상구의 위치와 비상장비 사용법에 대해 안내해 드리겠습니다. 이 비행기의 비상구는 모두 6개로 좌우에 각각 있습니다. 만일의 경우에 대비하여 여러분의 좌석에서 가장 가까운 비상구 위치를 확인하시기 바랍니다. 비상시 비행기의 전원이 꺼질 경우 통로의 유도등이 자동으로 켜지며, 이 유도등은 비상구가 어디에 있는지 여러분을 안내할 것입니다.

최면술사가 검은 정장을 입고 들어온다.
그의 왼쪽 겨드랑이에는 서핑 보드 하나가 들려있다.
최면술사는 지옥의 행동을 씁쓸하게 바라본다.

최면술사 집 내놨어. 내일 계약한 사람이 올 거야. 계약금은 먼저 받았어. 난 더는 필요 없을 것 같아.

지 옥 옷이 꽉 끼네요. 살을 빼야겠어요.

최면술사 (서핑 보드를 들어 보이며) 이건 내가 가져갈게.

지 옥 나 커트하면 괜찮아 보일까요? 쪽머리 말구요. 립스틱은 이거보다 더 밝은 건 없어요? 스튜어디스 시험 보려면, 아무래도 단정한 것이 좋겠죠? 근데 너무 걱정돼요. 살이 너무 많이 쪘죠? 다이어트를 계속 해야 할 것 같아요.

최면술사 아깐 나도 모르게… 미안해. 화장대 서랍에 아내가 쓰던 물건들이 있어. 스튜어디스였으니까 아무 거나 골라도 다 단정해 보일 거야.

지 옥 (화장대 서랍을 열어보며) 이게 다 내 거예요?

최면술사 (떠나려 한다)

지 옥 그걸 어디다 쓰게요?

최면술사 뭐?

지 옥 서핑보드 말이에요. 그거 탈 줄이나 알아요?

최면술사 아내 유품이니까. 나중에 필요할 때가 있겠지.

지 옥 탈 줄 아냐구요?

최면술사 … 아니.

지 옥 나 그거 탈 줄 알아요.

최면술사 … 정말?

지 옥 아니요! 타는 방법만 알아요. 이리 갖고 와 봐요. 가르쳐 줄게요.

최면술사 ….

지 옥 뭐해요? 얼른!

최면술사   (서핑보드를 들고 지옥에게 다가간다)

지옥은 서핑보드 위로 올라가, 자세를 잡는다.

지옥   자 따라 해봐요. 두 팔을 벌리고 무릎에 리듬감을 실어야 돼요. 파도하고 서핑보드하고 수평을 이루게 하고. 파도하고는 한 몸처럼 움직여야 한다구요.

최면술사는 지옥의 모습을 물끄러미 바라보다,
차츰차츰 하나하나 따라해 본다.

최면술사   두 팔을 벌리고.
지옥   무릎에 리듬감을 싣고.
최면술사   무릎에 리듬감을 싣고… 이렇게? 이렇게 하면 돼?
지옥   한눈팔지 말아요. 그러다 된통 당한다구요.
최면술사   된통?
지옥   된통이요. 바닷물이 얼마나 짠지 모르죠?
최면술사   바닷물….
지옥   똑바로 해요. 똑바로. 연습이라고 우겨도 소용없어요. 이런 시간들은 다신 돌아오지 않는다구요. 마음에 안 든다고 중단할 수도 없어요. 집채만 한 파도가 고속열차처럼 덮쳐오는데 어떻게 중단할 수 있겠어요. 그렇죠!?
최면술사   … 그래.
지옥   두 팔을 쫙 펴고!
최면술사   알았어. 쫙 펴고!

그 둘은 파도가 부서지는, 포인트 브레이크 지점에 이른 것처럼
조심스러워 한다.

지 옥　　조심해요. 포인트 브레이크 지점이에요.

최면술사　포인트 브레이크?

지 옥　　파도가 부서지는 곳.

최면술사　(갑자기 외쳐댄다) 당신하구 같이 있지 못해서 미안해! 당신
　　　　　먼저 떠나게 해서… 정말… 미안해. 밤마다 자신감 키워준
　　　　　다고 당신한테 최면을 걸었는데 당신, 내가 실망할까봐, 실
　　　　　망하는 모습 보기 싫어서 일부러 속아줄 때. 당신 얼마나
　　　　　외로웠을까.

포인트 브레이크 지점으로 스튜어디스가 들어온다.

스튜어디스　사랑해요.

지 옥　　(오버랩) 사랑해요. 이 세상에서 당신을 만나서 사랑한 것이
　　　　　가장 행복했어요. 날 기억해줘요. 내가 당신을 사랑했다는
　　　　　걸, 기억해줘요.

스튜어디스　추락하고 있어요. 여기서 살아남으면 우리 같이 파도를 타
　　　　　러 갈래요?

지 옥　　여기서 살아남으면 우리 함께 파도 타러 갈래요?

스튜어디스　윈드서핑 말이에요. 그걸 해보고 싶었어요. 18살 이후부터.
　　　　　저요. 고등학교 때 파도타기 선수였어요. 아마 당신 몰랐을
　　　　　거예요. 한 번도 당신에게 말한 적이 없었으니까요. 한 번은
　　　　　그걸 타다가 아버지한테 걸렸었어요. 아버지가 그랬죠. 다

시 한 번만 그걸 타면 다리를 분질러 버리겠다. 왜 이 순간
에 그런 생각이 머리에 떠오를까요?

최면술사가 서핑보드에서 내려온다.

3. 최면 다이어트 2단계

최면의자에 지옥이 앉아있다.

최면술사가 지옥에게 최면 다이어트 요법을 실시하고 있다.

최면술사 자 눈을 감고 몸 전체의 힘을 완전히 빼십시오. 숨을 크게
들이쉬고 또 내쉽니다. 한 번 더 크게 들이쉬고, 내쉽니다.
자 이제 눈을 뜨고 나를 봐요. 내가 옆에 있다는 것을 믿어
요. 안심해요. 자 이제 눈이 감깁니다. 자 이제 신비로운 기
운이 당신의 발아래 쪽에 머물고 있다고 상상해 보세요. 그
기운이 발가락 끝에서부터 머리끝까지 서서히 퍼져 올라
갑니다. 발가락 마디마디 힘이 빠지며 나른해지는 것을 느
껴보세요. 또 신비스런 기운이 당신의 발가락 마디마디를
지나서 발 전체로 퍼져 갑니다. 발에 힘이 빠지며, 편안해
지는 것을 느껴보세요. 그 기운이 당신의 발목을 지나서, 양
쪽 종아리로 퍼져 올라갑니다. 무릎을 지나서 양쪽 허벅지
로… 이제 엉덩이를 지나서 척추를 따라 위로 쭉 퍼져 올라
갑니다. 척추 양 옆의 근육과 세포들의 힘이 빠집니다. 이제
그 기운이 당신의 어깨를 지나, 양쪽 팔을 지나 손가락 마
디마디까지 퍼져내려 갑니다. 어깨와 목을 지나서 머리로
올라갑니다. 머리가 편안해집니다. 눈 주변에도, 양쪽 볼에
도… 입술도. 당신의 몸은 바닥으로 깊숙하게 파묻힙니다.
이제 내가 다섯에서 영까지 세어 들어가면 대단히 깊은 휴

식에 빠져 들어갑니다. 다섯… 넷… 셋… 둘… 하나… 영.

지퍼라이터 뚜껑을 열고 불을 켠다.

초면술사의 목소리가 지옥을 애무해 간다.
울음이 터져 나올 것 같은 오르가즘에 이르러 신음하는 지옥.
잠시 후, 지옥은 최면술사와 섹스를 하고 난 것처럼 평화스러워 보인다.

지옥 이런 꿈을 꾸었어요. 언니하구 형부가 어느 낡고 음침한 집
으로 들어가는 꿈. 너무 낡아서 곧 무너져 내릴 것 같은 집
으로 들어가는 꿈. 형부는 언니의 옷을 벗겨요. 언니를 줄에
매달고 언니의 신체를 하나씩 하나씩 톱으로 썰어서 잘라
내죠. 언니는 약에 취해서 자신의 신체가 잘려나가는 것도
모르고 방긋방긋 웃음을 짓죠. 난 그런 언니의 표정을 카메
라에 담아요. 삿포로… 삿포로라는 곳을 알아요, 당신? 언
니가 그곳이 삿포로라고 속삭여요. 그곳은 그 모든 것을 허
용해준다고… '메마른 광대한 강바닥'에서는 모든 것이 허
용되죠. 삿포로는 그 모든 것을 허락하고 인정해 주죠. 자연
스럽게. 아주 당연하다는 듯이… 언니가 책을 읽어줘요. 삿
포로라는 도시에 관한 거예요. 그 책에는 이렇게 쓰여 있어
요. 삿포로는 스너프 필름의 천국이다. 그곳에는 사람들의
각각의 신체들이 행복한 모습으로 생을 마감한다. 그들의
생의 마지막은 수줍은 연애편지처럼 필름에 고스란히 담긴
다… 나는 형부가 잘라놓은 언니의 신체들을 슈트케이스에
하나씩 하나씩 차곡차곡 담아요. 우리는… 이제 공범자가

됐어요. 앗, 뜨거워!

최면술사는 계속해서 지옥에게 최면을 걸어나간다.
하지만 그의 목소리는 이제 더 이상 소리를 내지 않는다.
지옥은 손을 덴 것처럼 벌떡 일어난다. 통증이 온몸으로 전달되어
간다.
지옥의 최면 속 세계… 지옥의 슈트케이스가 있는 곳으로 간다.
슈트케이스를 연다.
안에서 언니가 나온다.

지 옥   언니, 손을 덴 것 같아. 너무 아파.

스튜어디스 (슈트케이스 위에 앉아 책을 펼쳐 읽는다) 삿포로라는 도시는….

지 옥   난 언니하고 똑같이 변신하고 있어. 성형수술 날짜도 잡았
는걸. 이제 언니의 악몽까지 빼앗아서 꿀 거야.

스튜어디스 삿포로라는 도시는….

지 옥   형부하고… 잤어.

스튜어디스 (책 읽는 것을 잠시 멈춘다)

지 옥   잤어.

스튜어디스 … 알아.

지 옥   섹스를 했단 말이야 섹.스! 형부가 내 몸 구석구석을 더듬
고 쓰다듬고 핥았어.

스튜어디스 알아.

지 옥   난 형부의 거길 손으로 잡고, 내 안으로 집어넣었어.

스튜어디스 너 이 책 읽어본 적이 있니?

지 옥   밑으로 정액이 흘러나왔는데, 얼마나 따뜻했는 줄 알아?

스튜어디스 남편이 선물한 거야. 비행기 안에서 이걸 읽고 있었어.

지 옥 형부는 네 번씩이나 내 안에 사정했어. 얼마만큼 날 만졌는 줄 알아?

스튜어디스 나는 그 남자에게 물었어. '뭘 그렇게 넋 나간 사람처럼 보고 계세요?' 그러자 그가 말했어. '삿포로라는 도시를 아세요?' '삿포로요?' 거길 찾아가려구요… '메마른 광대한 강바닥' 삿포로를 해석하면 그런 뜻이래요.' 메마른 광대한 강바닥… 난 그때 그 남자와 같이 죽고 싶다고 마음먹었어. 3년 간 승무원으로 있었지만. 나한테 남겨진 건 멀미와 불면증 밖에 없었으니까. 난 메마른 광대한 강바닥에 누워 잠을 자고 있는 나를 상상했어. '거길 가면 제일 먼저 뭘 하고 싶어요?' 하고 나는 물었어. 그러자 그가 대답했어.' 담배 피우고 싶어요. 5년 동안 끊었었거든요' 나는 그 자리에서 그에게 오래전 바닷가에서 주운 지퍼라이터를 선물했어.

지 옥 그만해. 형부가 아직도 언니하구 같이 죽고 싶어 한다고 생각해? 천만해. 착각하지 마.

스튜어디스 우린 메마른 광대한 강바닥을 찾아가 누웠어. 눕자마자 눈꺼풀이 무겁고 나른해서 도저히… 졸음을 참을 수가 없었어. 난 잠이 들어버렸어. 잠 속에서 그가 내 귀에 대고 뭐라고 속삭이는 소리가 들렸어. 최면을 걸고 있었던 거야, 나한테. 잠이 오도록. 나는 그를 온몸으로 느꼈어. 그 남자에게서는 아무런 삶의 의욕도 없다는 걸. 앞으로 무슨 일이 일어날지, 어떤 기대도 불안도 없는 투명한 감정. 인생 자체에 아무런 관심을 두지 않겠다는 신념. 그는 내게 최면을 걸고, 나는 점점 깊이 잠에 빠져들고….

지 옥 형부는 나하고 같이 죽어야 해. 나하고 같이 죽고 싶어 해
야 해. 난 아직 살아있고, 살고 싶고, 다이어트도 성공해야
하고 성형수술도 받아야 해. 여행도 가고 싶고 실컷 섹스
도 해야 해. 그 모든 것들을 형부와 함께 누려야 해. 난 아
직 살아있고, 그러니까 형부도 살아있어야 해. 절대 데려
갈 수 없어.

최면술사가 식탁 의자에 앉아
지퍼라이터를 켰다 껐다를 느리게 반복한다.

최면술사 나는 내가 행방불명되었다고, 실종되었다고 생각했던 것
같다. 무엇으로부터, 어느 곳으로부터 내 자신이 행방불명
되었는지 실종되었는지는 알 수는 없었지만, 분명한 것은
내가 나를 그렇게 느끼고 있었다는 것이었다. 나는 나를 찾
고 있었지만, 내가 도대체 어디에 있는지 무엇을 하는지 알
수가 없었다. 때때로 나는 지하철 벽에 붙어있는 실종자들
얼굴 속에서 나를 찾기도 했다. 언젠가 나는 한 여인과 메
마른 광대한 강바닥에 눕게 되었다. 그 여인이 얕게 코를
골며 잠이 들자, 강바닥 사이사이에서 작은 물고기들이 스
멀스멀 기어 나왔다. 물고기들, 물고기들. 수십만 마리의 물
고기들이 메마른 광대한 강바닥을 가득 메우고 헤엄쳐 다
녔다. 그리곤 잠시 후 물고기들이 내 몸속으로 스며들어와,
내 내장 속에서 헤엄쳐 다녔다. 수십 만 마리들이… 수십
만 마리들이. 나는 처음으로 살고 싶다는 욕망을 느꼈다.

스튜어디스 나는 항상 자살을 꿈꾸었다. 나는 나의 연쇄살인범이 되고

싶었다. 나를 죽이고, 또 나를 죽이고, 또 나를 죽이고 범인은 잡히지 않고 살인사건은 미궁에 빠지고… 또 다른 내가 죽어있고, 또 다른 나가 죽어있고, 또 다른 나… 나는 나를 죽이고 또 다른 나가 죽어있고… 살인 사건은 한없이 미궁에 빠지고… 항상 나는 그렇게 나를 연쇄살인하고 토막 내서 버리는 꿈을 꾸었다. 이 슈트케이스에 꼭꼭 넣어 끌고 다닐 생각이었다… 어디든. 그리고 마지막으로 연쇄살인의 진범을, 나는 죽이고 싶었다. 그에게 나를 죽여 달라고 부탁하고 싶었다.

지옥　언니는 내 안에 있어요. 내 분신이라구요. 아직도 모르겠어요?

4. 메마른 광대한 강바닥

지옥이 메마르고 하얀 강바닥을 거닐고 있다.

그녀의 한 손에는 톱날로 된 칼이 들려있다.

지옥   여기가 어디에요?… 추워요. 언니?… 여기가… 어디에요?
아, 추워. 언니? 나 보면서, 한 번만 웃어볼래요. '위스키'
하고.

스튜어디스 (위스키하며 미소 짓는다)

지옥   몸이 따뜻해져요. 정말 다정해 보이는 미소예요. 난 언제쯤
그런 미소를 갖게 될까요?… 근데 어쩐지 술 냄새가 나요.
언닌, 알코올중독자죠? 매일매일 화장실에서 게워내고 토
하고. 그게 다 그 위스키 때문이었죠? 왜 그 일을 그만 두지
않았어요?

스튜어디스 스튜어디스가 되면 어디든 마음대로 갈 수 있다고 생각했
어. 그런데 주정뱅이가 되어버렸어.

지옥   아빠 죽었어. 언닐 가두고 숨 막히게 하던 아빠, 죽었어.

스튜어디스 이빨 교정기? (사이) 세상은 그냥 더 큰 교정기일 뿐이야. 더
큰 교정기… 처음엔 이겼다고 생각했어. 덧니 말이야 이 천
박하고 고집 센 뻐드렁니 덕택에 자유로워졌다고. 근데…
난, 아버지가 바닷가에서 내 다리를 분질러 버리겠다고 말
했던 순간처럼. 덫에 걸려들었어.

지옥   그 괴물 같은 뻐드렁니 하나 때문에?

스튜어디스 난 아무것도 선택하지 않았으니까. 엄마도 아빠도 나 자신 조차도. 그러자 모두가, 세상이 나를 선택해버렸어. 나는 없 어져 버렸어.

지 옥 (웃기 시작한다. 웃음이 걷잡을 수 없이 커진다. 멈추질 않는다) 난 엄 마를 선택했어. 자유분방한 엄마. 그리고 자유분방한 나. 나 를 선택했어. 근데 창피해. 부끄러워. 창피하다고, 부끄럽다 고 소리치고 싶어. 창피해! 부끄러워! 하지만 그런 말을 하 면 내가 세상에서 쫓겨 난다는 걸, 난 알고 있어, 아주 잘. 아니, 세상이 날 추방시킬 거야. 난 입 다물고 조용히 구석 에 처박혀 있어야 해. 패밀리 마트에서 8년간을 일했어. 24 시간 편의점에서 18시간을 일했어. 내 몸집만한 쓰레기들 을 치우면서. 패밀리 마트에서 만나는 사람들은 모두가 가 족이야. 그들이 '가족'이라고 내게 가르쳐 줬어. 근데 그들 은 날 막 대해. 함부로 대해. 욕하고 화를 내고, 날 조롱하고 비웃고 깔봐. 내가 뚱뚱해서인가. 내 몸에 나를 함부로 대 해도 된다고 써 있어서 그런가. 패밀리 마트에서 난 자존심 을 잃었어. 세상은 내 자존심을 뭉개고, 그 뭉개진 자존심 이 '나'라는 걸 깨닫게 하려고 애쓰고 있어. 나는 그 뭉개진 자존심이야. 그것이 지금의 나라구… 그것이 지금의 '나'라 서… 난 언니가 되고 싶었는데, 고작 언니가 된다는 건, 없 어져버린다는 거네.

스튜어디스 이 옷을 벗어 던지고 싶어.

지 옥 난 그 옷이 필요해.

스튜어디스 이 옷이 시키는 대로 친절했을 뿐이야. 세상이 시키는 대로, 순종했어. 그는 세상이 시키는 대로 친절 했을 뿐인, 그런 여자를 따라 죽으려 하는 거야… 참 가치도 없지.

지옥은 칼을 들고 스튜어디스를 찌른다.
죽어가는 스튜어디스를 슈트케이스에 힘겹게 옮겨 담는다.
그리고 토막 내기 시작한다.

지옥 상관없어. 본심이 아니어도 좋아. 난 최면을 걸 때 그 사람
의 부드러운 목소리가 필요해. 최면을 걸 때, 그 남자의 따
뜻한 기운이 필요해. 최면에서 깨어날 때, 그 남자의 자상하
고 한 없이 착한 미소를 보길 바래. 다 그게 수천 번씩 연습
한 것이어도 상관없어. 다른 사람들에게도 다 그렇게 하는
거라 해도 상관없어. 세상을 살아가려면 그런 미소를, 그런
친절을 익히게 되는 거라 해도 상관없어. 그 남자가 매일
밤 그것 때문에 구역질을 하고 변기에 토해도 상관없어. 난
친절함에 목마르고, 그걸 기다리다 온몸이 메말라 비틀어
져버릴 거야. 메마른 강바닥처럼 텅텅 비어져 버릴 거야. 친
절함에 사육당하고 짐승처럼 채찍을 맞아가며, 울부짖으면
서 구걸할 거야. 그 사람이 조금만 불친절하면 난 외롭다고
소리칠 거야. 내 몸을 토막토막 자르면서 외롭다고 고함칠
거야. 언니, 난 사랑이 하고 싶어. 난 사랑이 하고 싶어. 친
절하고 따뜻해서 죽고 싶은 사랑을. 그게 다 내 외로움 때
문이어도…, 상관없어.

지옥은 거울 속의 자신을 들여다본다.

지 옥　　형부를 놔줘야 해? 정말로 그렇게 해야 해?⋯ 알았어.

지옥은 가만히 최면의자에 눕는다.

5. 최면 다이어트의 끝

지옥은 최면의자에 누워있다.

열병을 앓는 것처럼 몸을 떨고 있다.

지옥　이봐요.

최면술사　….

지옥　담요 하나만 더 갖다 줄래요?… 추워서요.

최면술사　(담요를 가져다 그녀의 몸에 덮어준다)

지옥　이봐요.

최면술사　….

지옥　나를 보면서, 한 번만 웃어줄래요. 다정하게, 한 번만 웃어 볼래요.

최면술사　… 네 손님. 어렵지 않은 부탁이네요.

지옥　(몸 전체를 휩싸는 외로움에 떨기 시작한다)

최면술사　(볼을 다정하게 쓰다듬는다. 친절함이 느껴지는 쓰다듬이다) 물 한 잔 하시겠어요, 손님?

지옥　(고개를 끄덕인다)

최면술사　(물을 가져다준다)

지옥　으짜아!

최면술사　마지막 순간이 와도 당신의 탈출을 도울게요. 이제 최면을 걸게요. 마지막 최면을.

지옥은 눈을 감는다. 입 사이로 소리 없는 울음이 새어나온다.

최면술사 반드시 살을 빼고 말겠다고, 굳게 다짐하세요. 반드시 살을 빼고 말겠다고, 굳게굳게 다짐하세요. 결심하고 또 결심하고 또 결심하세요. 반드시 살을 뺍니다. 또 결심하고 또 결심하세요. 지금의 이 결심은 영원히 지속됩니다. 다섯… 넷… 셋… 둘, 하나… 영….

최면술사가 불이 붙은 지퍼라이터를 지옥의 손에 쥐어준다.

최면술사 처제, 잘 지내.

지 옥 날 잠시였지만 언니라고 착각해줘서 고마워요.

최면술사 나도… 고마워.

지 옥 날 언니라고 착각해줘서 고마워. 정말이야. 그렇게 해서라도 당신한테 사랑받고 싶었으니까. 당신 목숨은 원래부터 내게 아닌가봐.

최면술사 다이어트 꼭 성공해.

지 옥 알았어.

최면술사 성형수술도, 꼭 성공해.

지 옥 알았어. 알았어.

최면술사 스튜어디스 시험에 꼭 합격해.

지 옥 … 당신은 최면술사야. 당신 자신을 살릴 수도 있다구. 당신이 내게 최면을 걸 때면 내 온몸은 따뜻한 기운으로 가득차. 당신 그 신비스런 기운을 알아? 당신이 만든 그 신비스런 기운? 그 신비스런 기운이 내 몸 구석구석을 애무하고

159

에워싸고 따뜻하게 핥고 만져줬어. 그게 무엇을 의미하는지 알아? 그걸 당신이 준 거라구. 언니가 당신한테 준 것처럼, 당신이 나에게 준 거라구.

최면술사는 슈트케이스를 끌고 기대에 부푼 모습으로 떠난다.

지옥 형부는 말했다. 자신이 죽더라도 너무 힘들어하지 말라고. 울어서 눈 퉁퉁 붓거나, 닥치는 대로 먹어대거나 방안에 틀어박혀 지내지 말라고. 사람들을 만나지 않거나 하지 말라고. 성형수술도 하고 다이어트도 꼭 성공하라고. 무엇보다 새로운 사랑을 찾아가라고. 자신은 언니가 죽었을 때 그렇게 하지 못했지만 나는 꼭 그렇게 하라고, 잘 해낼 꺼라고 형부는 말했다. 형부는 내게 마지막 최면을 걸고 갔다.

지옥은 이 연극의 처음처럼, 컵에 물을 따르고 그 안에 소금을 넣는다. 혼자 남은 지옥은 어떤 기대에 부푼 눈빛으로 소금물을 마시기 시작한다.

욕조에는 피가 한 가득

등장인물

욕조남자 (29살)
여자 (28살)
침대남자

장소

넓은 원룸.
더블 침대가 놓여있고
욕조가 있는 욕실이 보이며
화장대가 있으며
방 안에 작은 정원(베란다)이 있다.
부엌은 무대에서 보이지 않는다.

1. 수면제와 단 둘이 식사를 하고

남자가 잠에서 깨어난다.

그의 가슴에 피가 한 가득 물들어 있다.

남자는 침대에서 일어나 바닥으로 내려선다.

바닥에는 피 자국들.

그는 피 자국이 만들어 놓은 길을 따라 걸어간다.

그러나 그의 몸은 잘 움직이지 않는 듯하다.

한 걸음, 한 걸음이 무겁다.

팔이 어딘가 보이지 않는 끈에 묶여 있는 것 같이 공중에서 부유한다.

남자가 뒤를 돌아본다.

자신이 막 방금 빠져나온 침대에는

등을 보이며 자고 있는 어떤 남자가 보인다.

피 자국의 끝, 슈트케이스 하나가 놓여있다.

그는 슈트케이스가 있는 곳으로 안간힘을 쓰며 조금씩 몸을 움직여

간다.

그는 슈트케이스 앞에서 주저앉는다.

그가 슈트케이스를 열어본다.

피로 잔뜩 얼룩진 칼 하나가 나온다.

그는 그 칼을 손에 쥐어본다.

그는 가슴이 아픈지 가슴을 움켜주고 고통스러워한다.

그는 슈트케이스에서 사진첩 하나를 꺼낸다.

텅 빈 사진첩.

그는 텅 빈 사진첩을 빠르게 넘긴다.

사진첩 사이에서 찢어진 사진들이 흘러내린다.

그는 여자의 얼굴을 찾는다. 그는 자신의 얼굴을 찾아보려 애쓴다.

그는 두 사람이 함께 찍은 사진을 찾아보려 애쓴다.

얼굴이 없는 여자와, 얼굴이 없는 남자 사진들…

같이 다정하게 찍은 듯한 얼굴 없는 사진.

사랑으로 가득한 두 사람이 없는 풍경 사진들.

그는 찢어진 사진 맞추기를 그만둔다.

그는 슈트케이스 안에서 뒹굴고 있는 하얀 약통 하나를 손에 쥐어본다.

그는 약통을 흔들어 본다. 빠스락거리는 소리.

그가 뚜껑을 열고 입구를 아래쪽으로 해서 흔들어대자

방부제 하나만이 툭 하고 떨어진다.

그는 일어난다.

그는 여자의 화장대 앞으로 다시 걸어가기 시작한다.

화장대 앞의 커다란 거울.

그는 거울을 빤히 쳐다본다.

그는 화장대 위에 뒹굴고 있는 립스틱 하나를 집어 든다.

그는 거울에 립스틱으로 입술모양의 그림을 그린다.

욕조남자 당신 얼굴이… 당신 얼굴이 기억나지 않아. 어떻게 생겼
었지?

그는 립스틱으로 거울에 얼굴 모양을 그린다.
그리고 그 얼굴 모양에 분을 발라주기도 하고, 눈썹도 그려준다.

욕조남자 당신 눈썹은 어떤 모양이었을까? 당신의 귀는? 당신의 코는?

점점 거울 속의 얼굴은 괴기스럽고 흉측하게 변해 간다.

욕조남자 당신 얼굴이 떠오르지 않아. 오늘 아침까지도 당신 얼굴을 봤던 것 같은데… 왜 날 죽였어? 당신이 나를 정말로 죽인 걸까? 난 정말 죽은 걸까?

욕조남자는 거울 속의 얼굴을 립스틱으로 뭉개버린다.

욕조남자 3년을 같이 살았는데. 당신 얼굴이 기억나질 않아. 매일 밤 이 화장대에서 당신의 눈썹을 그려주곤 했는데.

갑자기 남자는 몹시 추운지 몸을 웅크리고 떨기 시작한다.
그는 금방이라도 얼어 죽을 것처럼 떤다.

욕조남자 추워. 왜 이렇게 춥지? 얼어 죽을 것 같아. 얼어 죽긴 싫은데.

욕실에서 따뜻한 물의 수증기가 거실로 흘러들어온다.
욕조남자는 자신에게로 흘러오는 따뜻한 기운을 잡아보려 손을 뻗어 본다.

욕조남자 따듯해.

욕실에서 욕조 안으로 물이 떨어지는 소리가 들린다.
욕조남자는 반투명의 유리문으로 되어 있는 욕실 문 쪽으로 걸어간다.
그는 걷는 것이 힘들어 보인다. 마치 오래 전부터 몸이 굳기 시작한 것
처럼.
그는 유리문을 연다. 쏟아져 나오는 따듯한 기운들.
그는 털썩 무릎을 꿇고, 욕조 안의 물을 손으로 휘저어 본다.

욕조남자 따듯해. 아, 이제 살 것 같아.

부엌에서 들리는 칼 소리. 도마에 칼이 부딪치는 경쾌한 소리.
욕조남자는 욕조 안으로 기어 들어간다.

여자목소리 욕조에 물이 넘치겠어요. 어서 씻어요.

침대에 누워있던 또 한 명의 남자가 잠꼬대를 한다.

침대남자 따듯해.

여자가 부엌에서 들어온다.
산뜻한 앞치마를 두른 여자.
수프를 담은 하얀 접시와 숟가락과 칼이 들어있는 받침대를 들고
여전히 침대에 누워있는 남자에게로 걸어간다.
욕조남자가 빠져나간 자리에 앉는 여자.

살며시 남자의 등을 흔들며 침대남자의 잠을 깨운다.

침대남자는 마치 잠꼬대를 하는 듯 여자와 대화한다.

침대남자 꿈을 꿨어.

여자 겨울에 이렇게 벗고 자면 감기 걸려요. 옷이라도 입고 자요.

침대남자 내가 죽는 꿈. 내가 죽었어.

여자 수프를 끓였어요. 뜨거울 때 먹어요.

침대남자 당신이 날 죽였어.

여자 당신, 아직도 사춘기예요? 하긴 당신은 아직도 사춘기 같아요. 그런 꿈은 크려고 꾸는 꿈이에요. 어른이 되려구요. 당신은 어른이 돼 본 적이 없으니까.

침대남자 꿈이라고 생각했어. 이 꿈에서 깨어나면 난 아프지 않을 거라고. 근데 결국 죽어버렸어. 피를 너무 많이 흘렸어. 나, 이 꿈에서 영영 깨어나지 못하면 어떡하지?

여자 어서 샤워해요. 마지막 가는 길은 깨끗이 씻고 가야죠. 자일어나요. 겨울바람에 덜컹거리는 창문소리가 들려요? 하얀 욕조에 조금씩 차오르는 따뜻한 물소리가 들려요? 그런 것들이 우릴 기다리고 있잖아요. 어서요.

침대남자 몸을 움직일 수가 없어. 왜 날 죽인 거지?

여자 내 마음을 전달하려구요. 당신을 깨우려구요. 영영 내 곁에 있게 하려구요. 근데 이젠 깨어나지 않아도 돼요.

침대남자 ….

여자 이제 당신 편안하게 잠을 주무세요. 편안하게. 나는 당신과 헤어질 거구, 이 수프가 당신에게 주는 마지막 식사가 될 거예요. 오늘 밤은 내 몸과 내 발가락, 나의 손들, 내 얼굴,

내 목소리, 그리고 내 체온을 느낄 수 있는 이 피부들에게도 마지막 밤이 될 거예요. 나는 당신 곁을 떠날 거예요. 당신에게서 내 체온을 가져갈 거예요. 이제 욕조에 누워서 당신의 악몽에서 벗어나세요. 잠을 푹 주무세요. 잘 자요, 내 사랑.

침대남자 이건 꿈일 뿐이야. 이건 당신이 꾸는 꿈이야, 그렇지? 깨어나야 하는 건 당신이야. 제발 깨어나. 당신이 깨어나야지만 내가 살 수 있어. 나 좀 살려줘. 난 죽어가고 있어. 어쩌면 벌써 죽어버렸는지도 몰라. 여긴 당신의 꿈속이잖아. 그러니까 당신이 죽으면 안 돼. 당신은 살아야 해. 당신이 죽으면 모든 게 끝나. 나 좀 도와줘. 당신을 깨워야겠어. 나 좀 움직이게 도와줘.

여자는 침대남자의 등에 칼을 꽂는다. 한 번, 두 번, 세 번. 그리고 수 없이.
공중으로 화려하게 피어오르는 붉은 피들.
침대남자는 죽지 못하고 침대에 웅크려 떨고 있다.

침대남자 그만 해. 그만 해. 그만 해. 그만 해.
여자 아무도 날 깨울 순 없어!

욕조 안에 누워 있던 남자가 욕조의 물 밖으로 얼굴을 내밀며 숨을 내뿜는다.
피투성이가 된 여자의 몸.
여자가 칼을 침대에 버려두고

화장대 있는 곳으로 가서, 다소곳이 의자에 앉는다.

그녀는 거울에 자신의 얼굴을 비쳐본다.

립스틱으로 시뻘겋게 얼룩진 거울.

여자가 화장 솜에 클렌징크림을 묻혀

화장을 지우듯

거울의 표면, 자신의 얼굴을 화장 솜으로 지운다.

온전하게 거울에 비춰지게 된 여자의 얼굴.

초췌한 피투성이 모습.

여자 나 눈가에 주름이 늘어. 겨우 스물여덟 살밖에 안 됐는데. 이젠 늙어버리려나봐.

욕조남자 날 여기서 나가게 해줘.

여자 예전에 뉴스에서 사람 죽인 사람들 얼굴 보면 하나같이 무섭다고 생각했는데. 그런 얼굴들이 바로 이런 얼굴이었구나.

욕조남자 왜 날 죽인 거야?

여자 넌 날 한 번도 사랑해 주지 않았으니까. 넌 날 단 한 번도 사랑해 주지 않았어. 단 한 번도.

욕조남자 너하구 결혼한 지도 3년이 됐어. 너 때문에 가기 싫었던 회사에도 나가고. 내 시간들을 널 위해 다 바치고 있어. 난 사진작가가 되겠다는 꿈도 포기했어.

여자 넌 거짓말만 했어. 그래서 끝나버린 거야, 내 인생이. 되돌이킬 수도 없게.

욕조남자 죽일 만큼, 나 죽여서 끝을 낼 만큼 내가 뭘 그렇게 잘못 한 거지?

여자 나, 늙어버리려나 봐. 나, 늙어버리려나 봐. 나, 늙어버리려나 봐.

욕조남자 넌 늙지 않았어. 그런 바보 같은 말 좀 그만해.

여자 내 얼굴이 늙어버리려나 봐. 내 목이 늙어버리려나 봐. 내 손이 늙어버리려나 봐. 내 가슴이, 내 다리가, 내 눈이, 내 눈망울이, 내 눈동자가 이젠 늙어버리려나 봐. 너무 흐려. 보이지 않아. 너무 흐려.

욕조남자 그만 해. 제발 좀. 그 바보 같은 말 좀 제발 그만해.

여자는 갑자기 뭔가가 생각났다는 듯,
급하게 화장대 서랍 안에서 서류 하나를 꺼낸다.
그리곤 눈썹을 그리던 펜슬로 서류의 어느 부분에 사인을 한다.
여자는 이제 남자에게 그것을 들이민다.

여자 받아가. 내 앞에 무릎을 꿇고 기어와서 받아가. 자, 빨리. 자 빨리 기어와서 받아가. 이제 너만 사인하면 돼.

욕조남자 그게 뭔데?

여자 난 더 이상 니 게 아니다, 그걸 확인하는 거야.

욕조남자 도대체 이게 다 무슨 짓거리야? 너, 니가 무슨 짓을 하고 있는지 알고나 하는 거야?

여자 하긴… 둘 다 사인하면 애들 장난 같겠다, 그래도 사랑해서 결혼했는데.

여자가 화장대에서 일어난다.
여자는 여러 번 깊은 숨을 들어 마시고 내쉰다.

여자　이제 널 먼 곳까지 데려가야 해. 시간이 됐어.

욕조남자　날 어디로 데려 갈 건데?

여자　널 토막 내서 슈트케이스에 담을 거야. 마치 칫솔과 치약을 챙기듯. 마치 수건과 비누를 챙기듯. 마치 잠옷과 속옷을 챙기듯. 마치 지갑과 몇 개의 동전을 챙기듯. 마치 운전면허증과 자동차 키를 챙기듯. 마치 연필과 작은 수첩을 챙기듯. 마치 내 오래 전 젊은 시절의 사진들과 일기들을 챙기듯… 그리곤 그것들을 강물에 첨벙!

욕조남자　널 도와줄게, 뭐든지. 내가 할 수 있는 한 뭐든지 다 할게.

여자　뭘 어떻게 하겠다는 거야? 난 이미 혼자서 죽어가고 있는데.

욕조남자　이게 다 누구 때문인지 몰라? 다 너 때문이야. 내가 수없이 얘기했잖아. 우린 같이 살아서는 안 된다고. 다 니 욕심 때문이 이렇게 된 거야. 너 때문에 우리 인생이 이렇게 허무하게 끝나가고 있는 거라구.

여자　내가 결혼하자고 했을 때, 넌 결혼은 우릴 구속하는 거라고, 하기 싫다고 했어. 결혼식도 우리 둘만의 결혼식이 아니라 부모님들의 결혼식이 될 거라고. 그런 허위에 가득한 결혼은, 하는 순간 불행이라고. 죽기보다 싫다고.

욕조남자　난 너와 결혼했어.

여자　내가 구걸했으니까. 내가 불쌍했겠지. 그 허위라는 말, 그 말 영영 잊을 수가 없어. 아무리 잊으려고 해도, 내 머리 속에서 떠나질 않아.

욕조남자　난 결혼까지 했어. 죽기보다 싫었던 결혼까지 했어.

여자　내가 너하고 같이 살고 싶다고 말했을 때, 넌 혼자 있고 싶다고 했어. 각각 혼자서 각자의 집에서 살아가면서 마음만은 같이 살자고. 마음만은 함께 있자구. 처음에 난 그게 무슨 말인지 몰랐어. 좋아하면 당연히 같이 사는 거라고 생각했는데.

욕조남자 그래서 이렇게 같이 살고 있잖아. 니가 원하는 대로 다 했어. 나도 너와 함께 사는 게 즐거웠어.

여자 난 구걸했어, 거지처럼. 처음으로 거지가 된 기분이었어. 아, 거지가 되면 처음엔 다 이런 기분이 드는구나.

욕조남자 넌 원하는 게 너무 많아. 새 집을 원하고, 새 침대를 원하고, 새 오디오를 원하고, 새 텔레비전을 원하고, 새 장롱과 새 이불과 새로운 식탁을 원하고… 넌 뭐든지 새 것을 원해. 난 너 때문에 세 배나 일을 해야 했어. 내 인생은 너만을 위했어. 난 사진기도 팔았어. 아직도 내 진심을 모르겠어?

여자 넌 나한테 한 번도 프로포즈도 한 적 없지? 니가 프로포즈만 했었어도. 니가 먼저 같이 살자고만 했어도. 니가 먼저 결혼하자고만 했어도. 난 지금의 내가 되지 않았을 텐데. 난 프로포즈도 받지 못한 여자가 됐어. 널 죽이고 싶어, 미치도록!

욕조남자 프로포즈를 하지 못한 것 정말 미안하게 생각하고 있어. 하지만 프로포즈 할 사이가 없었잖아. 결혼준비 때문에 우린 둘 다 정신이 없었잖아. 서로 사랑하면 됐지 프로포즈가, 그건 것 하지 않아도 서로의 마음을, 내 마음 다 알았잖아.

여자 여보? 당신 나 사랑한 적 있어, 단 한 순간이라도? 사랑한 적 없지? 그렇지?

욕조남자 … 미치겠어. 제발 좀 그만 해. 그만 하란 말이야. 몇 천 번씩이나 말을 해야 알아듣겠어? 언제까지 이렇게 똑같은 대답을 하며 살아야 하는 거야? 사랑한다고 했잖아. 너밖에 없다고 했잖아.

여자 나 먼저 밥 먹을 게요. 당신 기다리다 보니까, 배가 고프네.

욕조남자 … 차라리 죽어버려.

여자 오늘은 어떤 반찬을 할까? 무슨 국을 끓일까?

욕조남자 … 차라리 죽어버려. 날 제발 너한테 벗어나게 해줘.

여자 (앞치마에서 하얀 약통을 꺼내며) 시금치하고 수면제를 함께 넣어서 무칠게. 조미료처럼 수면제를 넣은 된장국은 어떤 맛일까? 김치에 수면제를 얹어서 먹는 맛은 어떨까? 밥 할 때, 밥통에 하얀 콩처럼 수면제하고 수수와 보리쌀을 넣고 끓일게. 오늘 밤은 수면제와 함께 단 둘이서 식사할 거야. 당신 기다리다가 나 먼저 잠들었다고 짜증내지마. 한밤중에 배고프다고 투정도 부리지 마. 난 먼저 잘 게. 당신 기다리다 자는 거니까, 외로워 마.

여자는 부엌으로 들어간다.

잠시 후

여자의 경쾌한 요리 소리가 들려온다.

2. 악몽은 기차처럼 기적을 울리며 달리고

침대남자가 비명을 지른다.

손을 뻗어 겨우 침대 옆 미니테이블에 놓여져 있는 스탠드를 켜는 남자.

침대남자는 일어나 앉아 자신의 가슴을 만져본다.

남자는 뒤를 돌아본다.

여자는 남자에게 등을 보인 채 곤히 잠이 든 모습이다.

남자는 침대 옆 탁자에 놓여있는 주전자로 손을 뻗는다.

주전자를 들어 입으로 가져간다.

물이 말라있다. 텅 빈 주전자.

탁자 위에 꽃이 없는 화분도 보인다.

시계바늘이 멈춘 시계도 보인다.

남자는 침대에서 내려선다.

순간, 남자는 어지러움증을 느끼는 지 휘청거리며 비틀거린다.

남자는 자신도 모르게 가슴을 두 손으로 움켜쥔다.

남자는 곧 첫 발을 떼어본다.

바닥에 떨어져 있는 하얀 알약들을 발견하는 남자.

남자가 알약들을 하나씩, 하나씩 주우며 약들이 만들어 놓은 길을
한 발 한 발 따라간다.

화장대 밑 어둠 속에 가려져 있던 슈트케이스 하나를 발견한다.

이상한 예감에 슈트케이스를 급히 여는 남자.

그 안에는 치약과 칫솔이 들어있다.

그 안에는 청결한 수건들과 비누 하나가 놓여있다.

빨래가 잘 된 잠옷과 뽀송뽀송한 속옷이 있다. 지갑과 동전이 들어있는 투명비닐봉지,

운전면허증과 자동차 키가, 12자루 연필 한 박스와 기차모양의 연필깎기, 빨간 스웨터와 목도리, 밤색 털모자와 슬리퍼, 두꺼운 양말들, 장갑 하나

그리고 낡은 사진들과 일기장들이 들어있다.

남자는 일어나서 화장대 거울에 자신을 비춰본다.

그는 갑자기 추위에 떤다.

그는 거울 속의 그의 모습을 보고 부들부들 떤다.

그는 바닥에 주저앉아 슈트케이스 안에 든 스웨터를 입는다.

그는 목도리를 목에 둘러매고, 밤색 털모자를 쓰며,

두꺼운 양말을 한 켤레, 두 켤레, 세 켤레 계속해서 껴 신는다.

그는 장갑을 낀다.

추위가 가셨는지, 그의 떨림은 잠시 멈춘다.

그는 연필을 꺼내 개수를 세기 시작한다. 하나, 둘, 셋, 넷…

그는 동전을 꺼내 액수를 세기 시작한다. 십 원, 이십 원, 삼십 원…

그는 곧 연필을 기차 모양의 연필 깎기에 넣어 깎기 시작한다.

욕조남자가 검은 정장차림으로 욕조 안에서 나온다.

마치 상가 집에 다녀오기라도 한 듯.

그의 검은 정장에서 물이 뚝뚝 흘러내리고 있다.

욕조남자는 몹시 지친 듯 피곤해 보인다.

욕조남자가 여자의 이름을 아주 작게 잠시 불러본다. "여보"

그는 침대로 다가가 여자의 몸을 가볍게 흔들어 본다.

일어나지 않는 여자.

그는 화장대 앞으로 간다. 거울 속의 자신을 본다.

그가 넥타이를 푼다.

욕조남자와 침대남자는 서로를 전혀 의식하지 못 하는 듯하다.

마치 한 개의 사진 위에 또 하나의 사진을 겹쳐놓은 듯이.

한 개의 악몽 속에 또 하나의 악몽이 겹쳐져 있는 듯이.

침대남자는 연필을 깎고 있다. 그는 기차 모양의 연필깎기 손잡이를 돌릴 때

기차의 기적소리를 입으로 흉내 낸다.

욕조남자는 빗으로 자신의 젖은 머리를 가지런히 빗어 본다.

욕조남자 여보? 일어나봐. 당신하고 정말 오랜만에 아주 오랫동안 얘기를 하고 싶어. 여보, 내 말 듣고 있는 거야?

여자 ….

욕조남자 피곤했겠구나. 매일 이렇게 나 기다리느냐고. 여보? 내 말 듣고 있지? 사실, 말이야, 오늘 친구가 죽었어. 자살을 했대. 집에서 목을 매달았대나 봐. 우리 결혼할 때 말이야, 사회를 봐줬던 그 친구 기억나? 여보, 내 말 듣고 있는 거지?

여자 ….

욕조남자 내가 왔는데 정말 안 일어나보는 거야? 좀 일어나봐… 나 오늘 당신 안에 들어가고 싶다. 키스하고 싶어. 오늘 밤 내 내 당신 몸 만져도 될까?

여자 나 오늘 젖지 않을 것 같아.

욕조남자 일어났구나… 나 하고 싶어.

여자 나, 오늘 젖지 않을 거야. 배고프겠다, 밥 먹어. 부엌에 차려 놨어.

욕조남자 친구가 죽었는데 밥이 넘어 가겠어? 나, 당신 안에 들어 간
채로 잠이 들었으면 좋겠어. 잠이 올 것 같지 않아, 이 상태
로는.

여자 당신은 당신 아내가 죽어가는 데도 그걸 꼭 하고 싶어?

욕조남자 뭐? 무슨 말이야 그게?

여자 당신 아내는 죽어가고 있어. 당신이 오기 전에 수면제하고
단 둘이서 아주 오랜 시간 섹스를 했거든. 난 이미 시체인
지도 몰라. 벌써 12시간이나 지났는걸. 당신 친구처럼 나도
스스로 죽어 가는 거야.

갑자기 욕조남자는 마치 온 몸이 얼음 속에 담겨있는 것처럼 추위에
떤다.
그는 움직이려 애쓰지만 겨우 손가락 몇 개, 혹은 눈동자만을 겨우 움
직일 수 있을 뿐이다.

욕조남자 대체 왜 내 몸이 말을 듣지 않는 거지? 몸을 움직일 수가 없
어. 대체 어떻게 된 거지?

여자 여긴 내 꿈속이니까. 여긴 내가 죽어가는 내가 마지막으로
꾸는 꿈속이니까.

욕조남자의 흰 와이셔츠가 피로 붉게 물들기 시작한다.
침대남자는 더욱 열심히 기차의 기적소리를 흉내 내며 연필을 깎는다.
그러다 연필 한 자루가 욕조남자가 서 있는 곳으로 데구루루 굴러간다.
욕조남자가 안간힘을 쓰며 연필을 줍기 위해 노력한다.
남자는 기어이 연필을 집고 만다.

여자 내 옆에 누워. 당신이 누우면 장례식에서의 첫날 밤 같을 거야. 내 장례식장의 영정사진은 어떤 모습의 사진일까? 당신은 항상 내 뒷모습만 봐왔으니까, 내 뒷모습이 영정사진이 되겠지? 아니야. 내가 이불을 푹 뒤집어쓰고 자는 모습이 내 영정사진이 될까? 난 항상 당신 옆에서 잠만 잤으니까. 이제 내게로 와. 당신은 움직일 수 있어.

욕조남자가 움직인다.
그는 여자에게로 간다.
그는 한 손에 날카롭게 깎인 연필을 들고 여자에게로 간다.
그는 침대에 누워 등을 돌린 채 자고 있는 여자 옆에 무릎을 꿇는다.
그는 손에 쥐고 있던 연필을 높이 치켜들어 올린다.

여자 날 죽이고 싶은 거야?

그는 여자의 등을 한 번, 두 번 그리고 수없이 찌르기 시작한다.

욕조남자 제발 이 악몽에서 벗어나게 해줘. 날 이 악몽에서 꺼내줘, 제발 좀 이젠 지긋지긋해. 어디가 나가는 길인지도 모르겠어. 제발 날 나가게 해줘. 제발 꿈에서 깨어나. 이 악몽을 끝내!

욕조남자는 수없이 여자의 등을 연필로 내리찍는다.

욕조남자 죽어! 죽어! 죽어! 죽어! 죽어! 죽어! 죽어! 죽어! 죽어! 죽

어! 죽어! 죽어! 죽어! 죽어! 죽어! 죽어! 죽어! 죽어! 죽어!
죽어! 죽어! 죽어! 죽어! 죽어! 죽어! 죽어! 죽어죽어! 죽어!
죽어! 죽어! 죽어! 죽어! 죽어! 죽어! 죽어! 죽어! 죽어! 죽
어! 죽어! 죽어! 죽어! 죽어! 죽어! 죽어! 죽어! 죽어! 죽어!
죽어! 죽어! 죽어! 죽어! 죽어! 죽어! 죽어! 죽어! 죽어! 죽
어! 죽어! 죽어! 죽어! 죽어! 죽어! 죽어! 죽어! 죽어! 죽어!
죽어! 죽어! 죽어! 죽어! 죽어! 죽어! 죽어! 죽어버려! 제발
부탁이야. 날 좀 벗어나게 해줘. 제발 죽어버려!

침대남자는 연필을 깎으며 기적소리를 점점 크게 울리고 있다.

3. 영영 이 악몽에서 깨어날 수 없다면

식탁 위에 세 사람이 앉아 있다.

여자와 욕조남자, 그리고 침대남자.

욕조남자와 침대남자는 서로를 마주보고 있다.

그들은 마치 거울을 보고 있는 것처럼 서로를 마주하고 있다.

여자가 두 남자의 접시 위에 국자로 수프를 떠준다.

하얀 액체의 수프… 그 수프 속에는 아직 채 녹지 않은 약들이 보인다.

빨간 색의 약들, 파란 색의 약들, 노란 항생제들, 검은 색의 약들…

여자가 냄비에서 수프를 떠 접시에 가득 채워주자,

두 남자는 수프를 떠먹기 시작한다. 같은 동작, 같은 모습으로.

약들이 두 남자의 입 속에서 아그작아그작 깨어지며

목 안으로 들어가는 소리가 들린다.

두 남자는 수프를 꼭꼭 씹어 목 안으로 깊이 삼키고 있다.

여자 하얀 알약은 감기약이야. 1년 내내 감기를 달고 살았지. 이 집은 너무 추워. 분홍빛깔이 나는 약은 피임약, 당신을 만나고 나서 줄곧 먹어왔지. 피임약을 너무 오랫동안 먹어 와서 피부가 딱딱해졌어. 파란색 알약은 수면제, 녹색 빛깔이 나는 약은 신경안정제, 당신 몰래 정신과의사를 만나곤 했지. 참 친절한 의사였어. 나보다도 어린 남자였어. 날 너무나 잘 알고 있었지. 잠시 동안이었지만 난 기뻤어. 세상에선 모르는 사람들이 날 더 잘 알고 있을 때도 있구나. 보랏빛 캡슐은 편두통을 앓았을 때 먹었던 약이야.

욕조남자/침대남자 나는 꿈을 꾸고 있는 걸까? 이곳은 누구의 꿈속일까? 나는 내 얼굴이 정말로 내 얼굴인지 잘 알 수 없게 되어버렸어. 이젠 알 수 없게 되어버렸나 봐. 예전에 뉴스에서 연쇄살인범의 얼굴을 본 적이 있어. 그땐 사람을 많이 죽인 살인범도 참 평범한 얼굴을 하고 있구나,하고 생각했는데. 지금 내 얼굴은 참 평범해.

여자 오늘 밤은 우리가 꿈속에서 만나는 마지막 밤이 될 거야.

욕조남자 난 나도 모르게 당신을 죽이며 살아가고 있었던 걸까? 매일 밤 이렇게….

침대남자 참 평범한 얼굴이라는 생각이 들어. 그렇지 여보? 난 살인범의 얼굴로 살아가고 있었던 거야.

여자 이 수프를 먹으면 결코 다신 현실로 돌아갈 수 없어요. 현실 속의 나는 꿈속에서 깨어나지 못하는 거예요. 현실 속의 나는 당신들과 함께 죽는 거예요. 당신들과 함께 이 세상에서 영원히 사라져버리는 거죠.

욕조남자/침대남자 최후의 순간까지 이 꿈속에 남겠어. 이 꿈속을 떠나지 않겠어. 당신과 함께 있겠어. 당신이 더 이상 꿈을 꾸지 않게 된다 해도… 근데 정말로 나는 어디에 가있는 거지? 정말로 현실 속에서 살아가고 있는 나는, 이 순간 당신 곁에 있지 않고 어디에 가있는 거지? 왜 당신에게 소리치며 달려오고 있지 않는 거지? 왜 당신을 구하기 위해서 온 힘을 다해 뛰어오고 있지 않은 거지? 왜 당신의 이름을 부르고 있지 않은 거지?

여자 친구가 죽었어요. 오늘 목을 매달았죠. 그 사람은 친구의 장례식장에서 울고 있어요. 결혼식 때 사회를 봐줬던 친구였죠.

욕조남자 우리 섹스를 하지 않을래요? 우리가 잠들기 전에! 당신의 남편은 오늘 밤 오지 못하니까.

침대남자 우리 섹스를 해요. 우리가 잠들기 전에! 다시 깨어날 수 없으니까.

여자 좋아요. 우리 셋이서 함께.

욕조남자/침대남자 셋이요?

여자 네. 내 앞에 있는 두 남자들과요.

욕조남자 당신 앞에 두 남자가 있다구요? 내 앞에 나 말고 다른 남자가 있다구요?

침대남자 나 말구요? 내 앞에 나 말고 다른 남자가 있다는 건가요?

욕조남자 내 앞에 있는 남자는 어떤 남자인가요?

여자 처음 보는 남자예요. 얼굴도 모르는. 하지만 이 남자가 내 남편이라는 느낌이 들어요.

침대남자 내 앞에 있는 남자는 어떤 남자인가요?

여자 처음 보는, 한 번도 살면서 만난 적이 없는 남자 같아요. 하지만 이 남자가 내 남편의 얼굴을 하고 있는 듯한 느낌이 들어요.

욕조남자/침대남자 우리는 결국 당신 남편이군요. 둘 다 당신 남편인 거군요. 우린 둘이지만 역시 하나인 거군요.

욕조남자 난 결혼식이 기억이 안 나요. 내가 결혼을 했는지. 하지만 당신은 내 아내임이 틀림없어요.

침대남자 난 당신과 데이트를 어떻게 했는지 떠올릴 수가 없어요. 내가 사랑하는 사람의 얼굴이 당신의 얼굴인지도 잘 알 수 없어요. 하지만 당신은 내 아내임이 틀림없어요.

여자 우리 침대에 가서 섹스해요. 우리 셋이서, 모르는 사람들처럼, 사랑하는 사람들처럼.

욕조남자 욕조에 뜨거운 물을 받아놓고 함께 몸을 담궈요. 우리 셋이서. 처음 만난 사람들처럼, 서로를 알 수 없는 사람들처럼, 하지만 사랑하고 있는 사람들처럼.

침대남자 난 당신에게 키스하겠어요. 내 혀를 당신의 입속에 넣고, 춤을 추겠어요. 한 번도 키스해 본 적이 없는 사람처럼, 처음 해보는 사람처럼, 어색한 듯, 단 한 번 만난 적도 없는 사람처럼, 하지만 사랑하는 사람처럼.

욕조남자 난 당신의 몸을 비누로 씻어줄게요. 비누가 지나가는 당신의 두 어깨와 가녀린 등을 언제까지나 바라보겠어요. 모르는 사람들처럼, 사랑하는 사람들처럼.

여자 나 두 분께 책을 읽어드리겠어요. 처음 보는 두 분께, 길을 걸어가다 우연히 스쳐지나간 적도 없는 두 분께, 낯선 두 분께, 내 남편들께 책을 읽어드리겠어요. 침대에서 또 따뜻한 욕조 안에서. 당신들이 내 몸을 만지고 있는 동안, 내내.

욕조남자 책을 읽어줘요. 한 번도 만난 적 없는 우리들에게.

침대남자 책을 읽어줘요. 낯선 우리들에게. 낯선 이 두 남자들에게. 당신의 남편들께.

여자는 마치 자신의 손에 책이 있기라도 한 것처럼,
책을 펼치기 시작한다.
자신이 읽을 구절을 찾는 듯, 여자는 열심히 책의 페이지를 넘기며
책의 어떤 구절을 찾고 있다.

여자　찾았어요.

욕조남자　찾았어요? 그럼 이서 읽어줘요.

침대남자　어서요, 읽어줘요,

여자　슈트케이스 안에 칫솔이 들어있었다. 치약과 함께. 아주 작
은 여행용 칫솔과 치약이었다. 슈트케이스 안에 수건과 비
누가 들어있었다. 마치 잠옷처럼, 마치 속옷들처럼. 잠옷
과 속옷은 마치 빨간 가죽지갑과 작은 동전지갑처럼 놓여
져 있었다. 마치 운전면허증과 자동차 키가 넣어져 있는 것
처럼, 연필 한 자루와 기차모양의 연필 깎기처럼, 마치 작은
수첩과 년도를 알 수 없는 다이어리처럼, 그리고 오래 전
젊은 시절의 사진들과 일기들을 챙기듯… 그렇게 슈트케이
스는 사진첩처럼 놓여 있었다.

욕조남자　뭔가 하나가 빠져 있군요. 나는 봤어요. 슈트케이스 안에서
피 묻은 칼 한 자루를.

침대남자　뭔가 틀린 부분이 있어요. 연필은 한 자루가 아니라, 열 두
자루였어요. 난 그 연필들을 직접 깎은 적이 있어요.

　　　　여자는 마치 손에 연필과 지우개가 있기라도 한 것처럼
　　　　책의 어느 부분을 지우개로 지웠다. 다시 고쳐 쓴다.

여자　피 묻은 칼 한 자루가 들어 있었다.

욕조남자　맞아요. 칼 한 자루.

여자　연필 열두 자루가 슈트케이스 안에 들어있었다.

침대남자　맞아요. 연필 열두 자루.

욕조남자　다 고쳤군요.

침대남자 우리의 마지막 유서가 완성된 것 같아요.

여자가 책을 바닥에 떨어뜨린다. 욕조남자가 몸을 기울여 바닥에서 책을 집어 든다.
욕조남자가 여자에게 다정하게 건네준다.
침대남자가 지우개와 연필을 바닥에서 주워 여자에게 다정다감하게 건네준다.
여자는 다시 책을 펼치고 고친 부분을 찾기 시작한다.

여자 찾았어요. 고친 부분을 넣어서 다시 읽어볼게요.

욕조남자/침대남자 그래요. 다시 읽어봐요.

여자 어둠 속에서 나는 길을 찾았네. 내 삶의 수수께끼, 나는 암흑 속에서 풀었네. 수수께끼는, 암흑 속에서 미소 지었지. 나는 숲 속을 걸었네. 캄캄한 숲 속. 나는 길을 잃었네. 나는 짐승들한테 잡혀 먹히고. 나는 나를 잃고 배가 고팠네, 숲 속에서. 나는 열매를 따 먹었네. 열매를 따 먹으며 나는 암흑 속으로 점점 깊이 들어갔지. 열매로 내 배가 가득 채워진 다음, 나는 사방을 둘러보았지. 내 주위는 암흑으로 가득했다네. 난 암흑 속에서 삶의 수수께끼 해답을 찾았다네.

그들 셋은 마지막 구절을 따라한다.
"난 암흑 속에서 삶의 수수께끼 해답을 찾았다네.
난 암흑 속에서 삶의 수수께끼 해답을 찾았다네.
난 암흑 속에서 삶의 수수께기 해답을 찾았다네."

그들 셋은 식탁 위 접시를 바라본다.

여자는 조금씩 줄어들어 있는 남자들의 접시에 수프를 채워준다.

수프가 가득 채워지자, 그들 셋은 서로를 다정다감하게 바라본다.

그들 셋은 수프를 떠먹기 시작한다.

처음으로 서로를 확인하며, 그들 셋은

해맑게 웃는다.

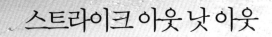
스트라이크 아웃 낫 아웃

등장인물

실버 (남. 17살. 4번타자)
닐스 (남. 17살. 7번타자)
정신과 의사 (감독님)
보호사 (포수)
다정 (여. 19살. 치어걸)

장소

옥상.
치료실.

1. 나는 나 자신을 사랑하지 않는다

옥상에는 TTL 대형간판이 있고.
노란 물탱크 하나가 있다.
도심을 달리는 경찰차, 구급차의 사이렌 소리가 들린다.

두 소년이 하늘을 쳐다보고 있다.
실버의 손에는 휘발유 통이 쥐어져 있고
닐스의 손에는 아이스크림 케이크 상자와 샴페인이 들려 있다.

닐스   참 재밌다.

실버   … 뭐가?

닐스   (TTL 대형 간판과 노란 물탱크를 바라보며) 불붙일만한 게 없어.
캠프파이어 하기엔… 불붙일만한 게 없어.

실버   (킥킥 웃는다) 우리가 있잖아. 우리가 재 하나 남기지 않고 깨
끗하게 타버리면, 아무도 여기서 우리가 불 타 죽은 걸 모
를 거야.

노을빛이 그 둘을 감싼다.

닐스   와우, 노을 지는 거 봐. 저 빌딩들, 너무 근사한대.

실버   거대한 똥덩이 같지. 똥물이 질질 흘러내리는 거 같애. 너두
똥물을 흠뻑 뒤집어썼구나.

닐스 (자신의 티셔츠에 코를 대본다. 그러다) 참 재밌다… 여기, 여기 말이야, 생일파티 하기엔.

닐스는 누런 물탱크를 차보기도 하고, TTL간판을 옷소매로 닦아보기도 한다.

닐스는 베스킨 라빈스 케이크 상자의 뚜껑을 열고,
케이크를 꺼낸다. 드라이아이스에서 차가운 냉기가 피어오른다.
케이크에 초를 꽂고, 불을 붙인다.

닐스 핸드폰 줘봐.
실버 (핸드폰을 준다)
닐스 (몇 개의 버튼을 누르자, Carpenters의 I Need To Be in Love가 흘러나온다) 자 불 꺼.
실버 초가 모두 몇 개야?
닐스 스무 개.
실버 개자식,
닐스 불 끄고, 당장 소원이나 말해.
실버 개자식… 난 열일곱 살까지만 살겠다고 했잖아.
닐스 (선물을 내밀며) 3년 후에 줄 선물을 미리 주는 거야. 이걸로 니가 만들고 싶은 음식, 다 만들어. 고등어케첩조림, 고등어김치조림, 전갱이튀김조림, 갈치조림, 자반고등어찜 특히, 중국식 꽃게볶음은 일품이야. 나, 언제까지나 맛있게 먹어줄게.

실버는 선물의 포장지를 뜯지 않는다.

닐스　　당장 풀어봐.

닐스가 포장지를 뜯어 실버에게 건네준다. 요리책이 나온다.

실버　　….

닐스　　뭐해? 당장 읽어봐.

실버　　(책 제목을 읽는다) "요리대백과 사전 "

닐스　　"남편이 가르쳐주는 요리대백과 사전"

실버　　뭐?

닐스　　책 제목 어때? 내가 지은 건데….

실버　　기분이 똥 기저귀 같애.

닐스　　뭐, 똥 기저귀?

실버　　그래, 기분이 똥 기저귀야. 똥냄새 풀풀.

닐스　　케이크에 똥물 튀기는 소리 그만하고, 당장 불 끄고 소원이
　　　　　나 비세요.

실버　　이런 날 소원 따윌 빌라구, 재수 없어. (케이크 상자 옆에 있던
　　　　　드라이아이스를 집어 삼킨다. 잠시 후 귀를 틀어막는다) … 고막이
　　　　　터질 것 같아. 아 아아. 들려? 이 소리!

닐스　　무슨 소리?… 괜찮아?

실버　　(몸이 경직되더니, 한 순간 힘이 빠져나가며, 닐스 어깨로 쓰러진다)

닐스　　괜찮아? 정신 차려.

실버　　(나른한 목소리로) 자장가야. 자장가 같았어. 고막이 터질 것
　　　　　같은.

닐스   괜찮아?

실버   정말 재수 없어. 이런 날 소원 비는 거.

닐스가 자신도 떨어진 드라이아이스를 한 개 집어,

입에 넣고 삼킨다.

잠시 후, 몸을 덜덜 떨며 가슴을 부여잡더니 귀를 틀어막는다.

실버   너, 너두, 그 소리가 들려?

닐스   (킥킥 웃는다) 내 목소리가 들려. 내 목소리가 나한테 이렇게
         말해. 내 소원은, 당장 너하구 내가 요리프로에 나가서, 쌍
         둥이 꽃게 앞치마를 걸치고, 넌 중국식 꽃게 조림 조리법을
         설명하고, 난 꽃게를 다듬고… 당장.

실버   너 이러는 거 병이야. 병.

닐스   그 병도 오늘이 마지막이잖아. 자, 불을 끄세요. 하나…
         둘… 셋.

실버   고해성사 하는 기분이야. 이런 식으로 매년 엿 같은 기분으
         로, 촛불을 껐어.

닐스   매년 엿 같았어?… 안타깝네.

실버   ….

닐스   니 십팔번 레퍼토리 고해성사가 뭐야?

실버   내 십팔번 레퍼토리가 궁금해?

닐스   응.

실버   "감독님, 저… 남자를 좋아해요. 타고났나 봐요. 감독님이
         제 이런 모습, 받아들이지 못하면 감독님을 버릴 거예요. 다
         신 안 볼 거예요. 샌드백에 꼭꼭 넣어서 야구장에 묻어버릴

거예요."

닐스   살인마 기질을 타고났구나.

실버   그러고나면 감독은 박수를 치며, 눈빛으로 나한테 이렇게 말해. "화이팅 한 번하고 그때부턴 우리, 여자를 좋아하는 거야. 알았지? 슬럼프에서 금방 벗어날 거다. 자, 화이이이 팅!"… 화이티티팅!

닐스   초가 다 타버렸네. 이제 막 열일곱 살이 됐어. 축하해. 4번 타자.

실버는 왼손타법을 취해보기도 하고, 오른손 타법을 취해보기도 한다. 혼란스런 모습을 보인다.

닐스   뭐 하는 거야?

실버   (계속 타격폼을 바꿔가며, 스윙을 해본다) 야구 선수가 타격폼을 바꾼다는 건 전혀 새로운 선수로 다시 태어난다는 걸 의미 해. 인생이 바뀌는 거지. 난 지금까지 오른손잡이였어. 이제 왼손잡이로 바꾸려고 해. 하지만 내가 오른손잡이였을 때, 4번타자였다고 왼손잡이가 됐을 때도 마찬가지라는 법은 없어. 지금까지 내가 쳤던 홈런, 안타, 파울 플라이, 번트, 병 살타 그 모든 것들이 깡그리 소멸되는 거야…
내 앞에는 백지 한 장이 놓여져 있고, 난, 야구를 시작하던 처음처럼 새로운 기록을 작성해 나가면 되는 거야. 근데 타 격폼을 바꾼 타자는 단 한 개의 공도 못 치게 될 수 있어. 단 한 개의 공조차도 말이야. 난, 널 좋아하게 됐어. 난 슬럼 프야. 감독은 그걸 몰라.

닐스　넌 4번타자야. 올해만 해도 홈런을 60개나 쳤다구.

실버　이제 4번타자가 될 수 없다는 게 겁나….

닐스　넌 4번타자야. 나한테 처음으로 사랑을 가르쳐줬잖아.

실버　(키득거리며 웃기 시작한다) 사랑? 섹스? 이게 무슨 요리대백과 사전인줄 알아, 가르쳐주게. (갑자기 실버가 두 귀를 꽉 틀어막으며, 괴로운 표정을 짓는다)

닐스　(샴페인 병을 흔들기 시작한다. 뚜껑이 뻥! 하고 날아간다. 닐스는 뿜어져 나오는 샴페인을 실버의 머리에, 자신의 머리에 뿌린다) 이건 우리의 세례식이야. 다시 시작해. 아니, 새롭게 시작해, 당장. 세례를 받을 때 그때 마음처럼… 당장.

실버　단 한 개의 공도 못 치게 될 수 있어.

닐스　지긋지긋한 할머니가 돌아가셨어. 너도 알잖아. 그 망나니. 너한테 똥 기저귀를 집어 던졌잖아. 자기가 차고 있던… 그 망나니가… 난 고아가 됐다. 이제 세상에 나하구 핏줄이 닿는 인간은 없다. 어디에 가든 무엇을 하든 이제 모두 내 맘대로다. 모든 게 가능해졌다. 아주 기분이 좋다. 마지막으로 딱 한 번만 니가 원하는 걸 빌어.

실버　마지막?

닐스　그래 마지막.

실버　딱 한 번만 내가 원하는 걸 빌까, 마지막으로?

닐스　(샴페인을 흔들며) 그래. 고해성사는… 그 망나니한테나 필요한 거라구.

실버　… 날 실버라고 불러.

닐스　뭐? 실버?

실버　해적 이름.

닐스 해적….

실버 언젠가 뉴스를 본 적이 있어. 여객선이 불타고 있었어. 바다 한 가운데, 사람들이 토막 난 채로 둥둥 떠다니고. 여객선은 계속해서 불에 타고… 그때 해적 웃음소리를 들었어.

닐스 해적이 돼서 뭘 어쩔 건데?

실버 사람을 죽여도 아무렇지 않잖아. 죄의식 따윈 느낄 필요도 없구. 오히려 더 잔인하게 죽이고 불태울 때, 영웅 대접을 받지. 나한테 화이팅! 하고 외치는 놈들은 모조리 죽여버릴 거야.

닐스 실버, 날 닐스라고 불러줘. 니가 최초야. 날 당장 닐스라고 불러.

실버 닐스?

닐스 옛날 만화영화에 나오는 난쟁이 닐스. 꽥꽥 거위 등에 매달려 세상을 여행하잖아. 난 지금 여행을 떠나는 기분이야….

실버 여행 다니면서 뭘 구경할 건데?

닐스 불을 지를 거야.

실버 ….

닐스 가는 곳마다 불을 지르겠어.

실버 나도 타 죽겠지?

닐스 ….

실버 (실버는 자신의 몸에 휘발유를 흠뻑 끼얹는다. 닐스에게 지퍼라이터를 던져준다. 자신의 몸에서 나는 휘발유 냄새를 맡으며) 자 폭탄주야. 단숨에 마시면 뿅 간다구. 날, 원샷 하는 거야. 준비됐지?

닐스 (지퍼라이터를 켜려고 하지만, 손이 떨려 잘 켜지지 않는다)

실버 약속했잖아. 기운을 내. 폼 나게 우렁차게 해줘야해, 알았지?

닐스   (떨며) 뭐, 뭘?

실버   트림. 캬아아아아. 크으으으윽! 자, 원샷!

닐스   (라이터 불을 켠다) 어떤 여자애가 날 쫓아다녀. 이름이 다정
        이야. 다정. 근데 하나두 안 다정해. 그 애 우리 할머니를
        닮았어. 젊었을 때 우리 할머니 얼굴… 처음엔 널 자주 만
        나는 거, 사람들 눈에 이상해 보일까봐. 그 애를 집까지 몇
        번 데려다 줬어, 자청해서. 그 애 집 앞까지 가려면, 50미
        터나 되는 횡단보도를 건너야 하는데 파란불이 들어오면,
        난 그냥 서서 손을 흔들어줘. 그 앤 혼자 횡단보도를 건너
        가고, 난 너한테 곧장 전화해. 근데 어느 날 그 애가 나를
        향해 외치는 거야. "니가 보고 싶어 당장." 서로가 빤히 보
        이는 데도, 보고 싶다는 거야, 당장. 그러면 그 애는 신호
        등을 무시하고, 달리는 트럭들을 무시하고 무작정 달려오
        는 거야. 그때 몸에 소름이 돋더라… 1주일 전에 정말로
        헤어지자고 했더니 이젠 나한테 "당장"이라는 말 밖에 안
        해. 그 여자애가 잊혀지질 않아. 짜증나고, 몸에 소름이 돋
        아. 그 "당장"이라는 말에 중독돼 있었나봐.

실버   정말 짜증났겠다. 그럼, 딱 하나만 해줄게. 나한테, 당장 사
        랑한다고 말해달라고 해.

닐스   ….

실버   뭐해?

닐스   날 사랑한다고 말해….

실버   … 뭐해?

닐스   날 사랑한다고 말해… 다아앙장.

실버   하라고 할 때 당장 못 하네.

닐스   다아앙장!

실버   사랑해… 자. 이제 불을 붙여.

순간, 핸드폰이 울린다. 둘은 멍하니 생일케이크 옆에서 울리고 있는
핸드폰 벨소리만을 듣고 있다.

닐스   받아. 감독님일 거야.

실버   ….

닐스   아버지잖아. 마지막 인사는 해야지.

실버   (바닥에서 핸드폰을 주워, 플립을 연다) 여보세요… 누구? 야 새끼
야, 전화를 걸었으면 말을 해야 할 거 아냐. 말을! (플립을 닫
아버린다)

닐스   잘못 걸린 전화야?

실버   (다시 핸드폰 벨 소리가 울린다. 신경질적으로 핸드폰 플립을 연다) 누
구야? 뭐! 바뀐 번호는 어떻게 알았어? 이제 깨어난 거야…
이틀 만에 깨어난 거네… 30알 정도. 죽일 생각은 없었어.
어디? 내가 어딨는지 알아서 뭐하게?… 또 한번 날 미행하
고 다니면 이번에 내가 죽어. 둘 중에 한 명은 죽어야 끝나
니까. 알았어, 알았어!… 난 야구 그만둘 거야. 그래, 내가
치는 마지막 병살타가 되겠지. 아웃이야. 둘 다 죽겠지. 아
웃! 아웃! 다시는 그 애 주변에서 얼쩡거리지 마. 꺼져! 끊
어. 꺼져. 끊어. 꺼져. 끊어. 꺼져! (핸드폰을 바닥에 던진다)

닐스   (라이터 불을 끄고, 실버의 휘발유 통을 빼앗아, 자신의 몸에 뿌린다)
나하고 니가 섞이면 진짜 폭탄주일 거야. 진짜 뽕 갈 거야.
조금만 마셔도 속에서 불이 확확 타오를걸. (지퍼라이터를 실

201

버에게 건네준다) 자, 난 준비됐어.

실버 ….

닐스 ….

실버 (라이터를 켠다)

닐스 (녹음기를 꺼내, 손에 꽉 쥐며) 이거, 이 녹음긴 블랙박스야. 우리
둘만의. 비행기가 추락했을 때, 사람들이 가장 먼저 찾는 게
이거래. 여기에 추락한 원인이 기록되어 있거든. 1100도씨
에서도 녹지 않는 블랙박스. 사람들은 추락한 우리를 어떻게
분석할까.

도시의 골목을 헤매고 있는 구급차와 경찰차의 사이렌 소리가 뒤섞여
들려온다.

닐스 이 소리가 우릴 구해줄까?

실버 살고 싶다.

닐스 소방찬가, 구급찬가, 아니면 경찰차 사이렌인가?

실버 살고 싶다.

닐스 자장가 같네. 너도 이 자장가를 듣고 있는 거야?

실버 수백 대의 차들이 몰려와.

닐스 졸음이 와. 누군가 정말로 우릴 구해줄까.

실버 수천 대의 소방차, 수천 대의 구급차.

닐스 왜 여기엔 우리밖에 없을까? 한 명도 빠짐없이 모두 다 여
길 빠져나간 거야? 우리만 남겨두고.

실버 수 천대의 경찰차. 수십만 대의 사이렌!

닐스 근데 우린 왜 여기 올라와있는 거지?

실버 그 한 명도 "빠짐없이"엔 우리는 들어가지 않으니까.

닐스 이곳하고 바깥은 별반 다르지 않겠지? 외할머니가 내게 그랬어. "너는 내 똥기저귀를 평생 갈아야 해. 그게 니 엄마한테 속죄하는 길이다." 엄마가 나를 낳을 때, 무척 큰 비명을 질렀대. 아주 큰 비명을. 그리고 죽었어. 난 그 비명소리가 자장가인 줄만 알았었나봐. 태어나서도 한참을 울질 않았거든. 왜 이 순간에 엄마의 그 울음소리가 듣고 싶은 걸까.

실버 … 3일 전에 아버지에게 수면제를 먹였어. 그리고 같이 목욕을 했어. 한 시간… 두 시간… 묵은 때가 많았었나봐. 나, 4번타자를 7번이나 차지한, 아버지 가슴을 만져봤어. 만지작거리고, 만지작거리고. 아버지 다리 사이 거길 손가락으로 만지작거리고. 자극도 시켜봤어. 손가락 사이로 정액이 흘러나왔어. 아직도 아버지 거기에선 정액이 흘러나와. 난, 점점 웃음이 나와서, 참을 수가 없어지는데, 곯아떨어진 아버지 몸은 점점 차가워지고. 아버지 허벅지를 베고 누워서, 거길… 거길 밤새 바라봤어, 밤새 하염없이 바라봤어. 터져나오는 웃음을 참아가며.

닐스 보이니, 빌딩들? 네온으로 아름다운 빌딩들. 니 말이 맞았어. 거대한 똥덩이야. 똥물이 질질 흘러내리고 있어. 우리 할머니 똥기저귀처럼.

실버 닐스?

닐스 ….

실버 닐스!….

닐스 속죄해야 해. 할머니가, 외할머니가… 속죄해야 한다고.

실버 … 우리 진실게임 할래? 진실게임의 법칙은 절대로 진실을 말해서는 안 된다는 거야.

닐스 ….

실버 나부터 해볼게…"난 나 자신을 사랑하지 않는다." 이제 니 차례야. 닐스?

닐스 ….

실버 "그 누구도 나를 사랑하지 않는다."

닐스 ….

실버 "난 내 열일곱을 사랑하지 않을 거다."

닐스 "난 내 자신을 사랑하지 않아."

실버 좋았어. 그렇게 하는 거야. "난 나 자신을 사랑하지 않는다."

닐스 "아무도 날 사랑하지 않아.""난 내 열일곱을 사랑하지 않을 거다."

닐스 난 내 열일곱을 사랑하지 않아.

난 내 자신을 사랑하지 않아.

난 내 자신을 사랑하지 않아.

아무도 날 사랑하지 않아.

핸드폰이 울린다. 핸드폰은 그 둘로부터 조금 멀리 떨어져 있다.

그 둘은 핸드폰을 받지 않는다.

벨소리만이 계속해서 울린다.

실버 할머니일 거야. 너의 그 긴 머리를 범죄자처럼 짧게 자르고 범죄자처럼 널 대하던 외할머니. 교도소 간수쟁이. 널 독방에 처넣고 물 한 모금 주지 않던 지독한 고문기술자. 할머니야. 할머니에게 인사해야지?

닐스 … 할머니? 저 닐스에요… 아니요, 닐스요. 거 있잖아요. 옛날 만화에 나오는 난쟁이. 할머니랑 자주 봤었는데. 진짜 이름요?… 몰라요. 잊어버렸어요. 아니요. 처음부터 내 이름은 없었어요. 여기요?… 좋아요. 그럭저럭 괜찮은 곳이에요. 위험하지도 않고, 무엇보다 샴페인 맛이 그만이에요. 폭탄주도 마실 거예요… 우린 아주 재밌게 놀고 있어요… 맞아요. 그 애에요. 4번타자. 4번타자는 지금 바빠요. 나한테 게임을 가르쳐 주고 있거든요. 내일 아침에는 10층 빌딩 옥상에서 일출을 볼 것 같아요. 바다에 뜨는 해돋이보다 더 멋질 것 같아요.

여전히 핸드폰의 벨 소리는 울리고 있다.

실버 감독님, 언제까지 날 미행하고 다닐 거예요? 그러다 감독님 다 늙겠어요. 감독님도 이젠 새 장가 드셔야죠. 고마워요… 아니요. 벌써 받았는걸요. 그 애가 아주 근사한 선물을 줬어요. 그래요. 7번타자. 아직도 그 흥분이 가시질 않아요. 뭐라구요? 선물이 뭐냐구요? … 스무 살을 기념하는 생일 케이크요! 아니에요. 방해라뇨. 미안해하실 필요 없어요. 여기에 더 있다 갈 거 같아요. 예, 조심할게요. 그럼 안녕히, 안녕히 계세요.

여전히 핸드폰의 벨소리는 울리고 있다. 사이렌 소리가 급격히 커진다.

닐스 알았어, 알았어. (물탱크 위로 뛰어올라가, 고함치며) 실버, 닻을
올려. 돛을 활짝 펼쳐.

실버 뭐?

닐스 우린, 불타는 여객선에 와 있는 거야. 해적의 웃음소리가 들
리지? 들리지? 하하하하. 이걸 타고 세상 끝까지 가는 거야.
가다가 누구든 우릴 방해하면, 닥치는 대로 죽여. 죽여도 괜
찮아. 우린 해적이니까.

실버 닐스… 거위 등에 매달려 세상을 여행하는 닐스!
선물 고마워. 요리대백과사전.
요리대백과사전!
생일파티 해줘서… 고마워.

실버가 물탱크 위로 오른다.
그리고 그 안으로 빠진다.
누런 물탱크 위에는 닐스가, 안에는 실버가 들어가 있다.
누런 물탱크에서 불빛이 새어나온다. 실버의 몸에 붙은 불이 점점 더
활활 타오른다.
누런 물탱크는 마치 근조등처럼 보인다.

닐스 넌 영웅대접을 받게 될 거야. 영웅 대접. 끝까지 지켜봐 줄
께. 끝까지. 지켜, 지켜봐줄게. 난 너의 블랙박스니까. 널 기
록해야해. (주문처럼)… 나는 나 자신을 사랑하지 않는다. 아
무도 날 사랑하지 않는다. 내 열일곱을 사랑하지 않는다.

2. 나는 나 자신을 사랑한다

정신병동 치료실.

전기감전 소리와 함께, 하얀 커튼이 배의 돛처럼 펄럭인다.

펄럭임 멈추면 커튼 사이로,

정신과 의사(감독님)와 보호사(포수)가 이동침대를 밀고 나온다.

침대 위에는 약간씩 경련을 일으키긴 하지만, 깊은 잠에 빠진 실버가

누워있다.

실버의 얼굴은 화상흔적으로 반쪽은 거의 알아 볼 수 없는 상태다.

보호사가 실버의 팔과 다리, 몸통을 묶고 있던 보호대를 풀기 시작한다.

닐스는 야구훈련장에서 타격폼을 오른쪽에서 왼쪽으로, 왼쪽에서 오

른쪽으로 바꿔보고 있다. 하지만 무척 혼란스러워 하는 모습이다.

왼쪽 손목에 붕대가 감겨있어, 더욱 불편해하는 모습이다.

정신과 의사 그동안 투약한 약이 효과가 없었다는 건가?

보호사 최근 좀 경직되고 우울해 보이긴 했어도, 이런 일을 벌일만
한 특이한 행동을 보인 적은 없었습니다.

정신과 의사 보호자들은 뭐라 그러던가?

보호사 아빠가 한 명 있는 것 같은데, 환자가 태어날 때 빼놓고는
얼굴 본 적 없답니다. 장기 입원을 바라는 것 같습니다.

정신과 의사 자식을 버리겠다는 뜻이군.

흰 가운을 입은 정신과 의사가 야구훈련장으로 들어간다.

보호사가 치료실 로비를 나간다.

정신과 의사는 심판 마스크를 착용한다.

심판 위치에 서서 포즈를 취한다.

닐스는 야구방망이로 발을 툭툭 치며, 긴장을 풀려는 제스처들을 취한다.

정신과 의사 '스트라이크 아웃 낫 아웃' 이라는 게 있어.

닐스 (야구방망이를 휘두른다)

정신과 의사 스트라이크!… 아웃이지만 아웃이 아닌 상태. 쓰리 스트라이크이지만 타자가 죽지 않은 상태. 그걸 '스트라이크 아웃 낫 아웃' 이라고 해.

닐스 (야구방망이를 휘두른다)

정신과 의사 스트라이크!… 볼 카운트가 투 스트라이크 투 볼이야. 다음 공이 날아왔는데, 타자가 헛스윙을 했다고 쳐. 포수는 타자가 너무 크게 헛스윙을 하는 바람에 공을 잡지 못했어. 타자는 아웃일까?

닐스 ….

정신과 의사 타자는 아웃일까?

닐스 (야구방망이를 휘두른다)

정신과 의사 스트라이크, 아웃!… 쓰리 스트라이크일 뿐 타자는 아직 살아있는 '낫 아웃' 상태야. (마스크를 벗으며) 공을 똑바로 봐. 시속 160킬로야. 야구공이 볼펜심처럼 보이는 속도지. 야구공이 배구공 만하게 보일 때까지 똑바로 보는 게, 그게 야구의 기본이야.

정신과 의사, 야구훈련장에서 나간다.

전기감전 소리와 함께, 하얀 커튼이 배의 돛처럼 펄럭인다.
펄럭거림이 멈추면 커튼 사이로 보호사가 이동침대를 밀고 나온다.
침대 위에는 약간씩 경련을 일으키긴 하지만, 깊은 잠에 빠진 실버가
누워있다.
실버의 얼굴은 화상흔적으로 반쪽은 거의 알아볼 수 없는 상태다.
보호사가 실버의 팔과 다리, 몸통을 묶고 있던 보호대를 풀기 시작한다.

보호사가 "이봐, 이봐!" 하고, 부른다.
닐스가 야구 훈련장에서 나와, 병원내부로 들어온다.

보호사   이봐. 뭐해? 이거 좀 풀어. (실버의 팔과 다리, 몸통을 묶고 있던 보
            호대를 푼다)

닐스   지금 뭘 하고 있는 거죠?

보호사   니가 그 화재 현장에 있었다는 애냐?

닐스   뭘 하고 있는 거죠?

보호사   뭐?

닐스   무슨 짓이냐구.

보호사   왜 소릴 지르고 그래. 환자 경끼 나겠다.

닐스   왜 묶었죠.

보호사   방금 전에 치료가 끝났어. 안 다치게 하려고 묶은 거지.

닐스   무슨 치론데요?

보호사   이거 안 풀 거야?

닐스가 보호사를 향해 달려든다. 보호사가 주춤주춤 밀리다가,
닐스를 등 뒤에서 강한 두 팔로 꽉 껴안아, 꼼짝 못하게 한다.

보호사　전기경련요법. 이 앤 전기경련요법을 받고 있어.

닐스　(발버둥친다)

보호사　날 도우러 온 건지 알았는데.

닐스　(발버둥친다)

보호사　5년 아니 10년 동안, 이 애가 여기 입원해 있길 바래?

닐스　(더욱 발버둥친다)

보호사　10년은, 여기선 아주 흔해 빠진 시간이야.

닐스는 힘이 빠진 채, 축 늘어진다.
보호사도 두 팔의 힘을 푼다.

보호사　첫 만남부터 힘깨나 드네.

닐스　이런 치료, 계속 받아야 해요?

보호사　… 약물치료가 별 효과가 없었거든. 괜찮아진다 싶으면, 다시 재발하고 또, 약을 자꾸 뱉어서 매번 주사를 맞아야 하니까, 그것도 고통스럽지.

닐스　전기 고문을 당하는 것보단 났겠지.

보호사　전기고문?… 너 같은 꼴통들 시선 때문에 환자들이 약물에 의존하는 거야, 부작용까지 감수하면서. 치료기간도 한참을 연장시키면서.

닐스　제 정신으로 돌아오지 못하면, 불이 났었다는 걸, 내가 옆에 있었다는 걸. 고작 그런 걸 기억하려고… 전기고문을 당하

면서… 미칠 거야, 나 같으면. 나 같으면 죽고 싶을 거야. 이 앤 4번타자란 말이에요… 죽으면, 죽으면 어떡해요? 난 지금까지 이 애가 광활한 바다를 항해하고 있을 거라고….

보호사 전기경련요법은 아무런 고통도 주지 않아. 부작용도 거의 없고, 죽는다는 건 천 명, 만 명당 한 명 꼴이야. 그건 편도선 수술하고 나서 발생하는 사망률밖에 안 돼.

닐스 … 하루빨리, 4번타자하고 여길 나갈 수 있을까요?

보호사 이건 안전하고 탁월한 치료법이야. 이 치료법을 믿는 게 중요해. 지금 우리가 해야 할 건, 그런 거야.

닐스 우리?

보호사 그래 우리.

닐스 믿. 으. 라. 구.

닐스는 실버의 팔과 다리, 몸통을 묶고 있던 끈들을 하나하나 푼다.
이동침대를 밀며 나간다.

보호사 너만 지랄발광하지 않으면 돼.

보호사 나간다.

닐스가 야구훈련장 안으로 들어와, 타격을 위한 워밍업을 한다.
자세를 가다듬고 야구방망이를 휘두른다. 헛친다.

정신과 의사 배구공! (야구훈련장으로 들어온다. 심판 마스크를 쓴다) 배구공!

닐스 (타격폼을 바꾸고, 자세를 가다듬고, 휘두른다. 넘어진다)

정신과 의사 '와일드 피치'라는 게 있어. 투수가 던진 공이, 포수가 보통의 수비로는 도저히 잡아낼 수 없을 만큼 높거나 바닥에 낮게 깔리거나, 옆으로 크게 빗나간, 거친 투구를 말하는 거지.

닐스 요리대백과사전. 드라이아이스. 폭탄주. 블랙박스. 왜 그런 말들을 제게 물어보는 거죠?

정신과 의사 그렇게 던지는 건 타자에게 홈런을 얻어맞을까봐 그러는 게 아니야. 타자를 겁주는 거지. 겁을 잔뜩 집어먹고 있는 애송이 타자에게 말이야.

닐스 겁을 집어먹은 게 아니에요. (스윙자세를 취한다)

정신과 의사 데드볼 하나에 야구 선수 운명이 바뀌기도 해. 끝장나거나 MVP가 되거나.

닐스 알았어요.

정신과 의사 배구공으로 야구를 하고 있다고 생각해.

닐스 알았어요. 알았어. (크게 헛치면서 넘어진다)

정신과 의사 스트라이크 아웃.

보호사가 이동침대를 밀면서 나온다.
이동침대 위에 누워있는 실버, '바할라' 하고 소리친다.
보호사는 실버의 팔과 발, 몸통, 목을 묶기 시작한다.

닐스 바할라. 바할라. 뭐라고 말하는 거죠? 열일곱 살 생일날, 니가 빌었던 소원은 "살고 싶다", 였어. 소원이 이루어졌잖아. 근데, 넌 지금 살아있는 거야, 죽어있는 거야?

닐스가 야구훈련장을 나와 치료실로 들어온다.
그리고 보호사 대신 실버의 몸을 하나하나 묶는다.
정신과 의사, 그런 모습을 지켜본다.

보호사 꽉 묶어, 꽉. 다친다구. 이렇게 묶었다간.

닐스 꽉 꽉 묶고 있는 거니까, 잔소리 좀 그만해.

실버 꽉 묶어.

닐스 !

실버 더. 더.

닐스 … 더 이상은 안 돼.

실버 더.

닐스 (묶는다)

실버 더. 바다로 떠내려가겠어. 배에다 꽉 묶으란 말야.

보호사 (시범을 보이며) 이렇게 묶으란 말이야.

닐스 입 좀 다물어.

실버 바.할.라.

닐스 도대체 그게 뭐야?

실버 바람 소리가 들려. 폭풍우야. 떠내려가지 않게 꽉 묶어. 묶
어… 바할라!

닐스 그게 뭐냐구.

보호사 … 천국.

닐스 뭐?

보호사 바이킹 해적만이 갈 수 있다는 천국. 가장 잔인하게 죽이고
때려 부수고 하는 바이킹만이 갈 수 있는 천국.

닐스 웃기지 마. 대체 뭔 소리야?… 이 애를 봐. 만화 같은 얘긴

관둬. 그런 곳은 없어.

보호사 이 애 머릿속에 있어. 이 애는 치료실에서 항상 해적같이 웃어. 130볼트 전류가 이 애의 머리를 관통하고 나면, 60초 동안 경련이 찾아오지. 그 경련을 이 애는 즐거워 해.

닐스 진짜 바다를 보러가자. 거긴 폭풍우 따윈 없어. 아주 평온해.

실버 떠내려가. 꽉 묶으란 말야.

보호사 경련이 끝나고 3분 후면 의식이 돌아와. 그때마다 이 애가 나를 보며 뭐라고 말하는 지 알아? "더 지속시켜 줘." 그러면 나는 그때마다 물어. "뭘? 뭘 말이야?" 그러면 이 앤 이렇게 대답하는 거야. "경련! 경련!"

닐스 내가 뭘 어떡하면 되지?

보호사 꽉 묶으란 말야.

닐스 어떻게?

보호사 (실버를 묶은 끈들을 단단하게 꽉 조이며) 폭풍우 속으로 떠내려가지 않게. 이 애가 물고기 밥이 되지 않게.

닐스가 이동침대를 밀고, 흰 커튼 안으로 들어간다.

보호사 따라 들어간다.

전류 흐르는 소리와 함께 흰 커튼이 격렬하게 펄럭인다.

닐스가 비명을 지르며 튀어나온다.

잠시 후, 보호사가 이동침대를 밀고 흰 커튼 사이로 나온다.

닐스가 실버를 묶었던 끈을 풀기 시작한다.

닐스 그냥 떠내려 가버려. 가버려! 이 악몽을 언제까지 되풀이 할 거야. 언제까지 이럴 꺼야. 생일파티는 끝났어, 끝났어!

닐스가 실버의 발목에 묶여있던 마지막 끈을 힘겹게 푼다.

정신병동의 취침 음악소리가 흘러나온다.

보호사가 나간다.

닐스와 실버가 치료실 중앙에 덩그러니 남는다.

닐스   잠들 때까지 지켜봐 줄게… 진실게임 할래? 해도 되고 안 해도 돼. 근데 진실게임이 없다면 다른 사람 얘기를 누가 한 시간이고 두 시간이고 잠자코 들어줄까? 아무도 듣고 싶어하지 않는 얘기를. 진실게임 할래? 이번엔 진실만을 말하는 거야. (실버의 반응을 기다리다가, 반응이 없자, 실버의 목 뒤로 손을 넣어 끄덕이게 만든다) 난 니 얘기 들을 준비됐어, 넌? (실버의 목 뒤로 손을 넣어 끄덕이게 한다) 준비됐다구? 좋아… 살아있는 게 죽을 만큼 힘들지? (실버의 목 뒤로 손을 넣어 끄덕이게 한다) 살아있는 게 진저리쳐지지, 몸서리쳐지지? (실버의 목 뒤로 손을 넣어 끄덕이게 한다) 악을 쓰고 싶지? 미치겠다고, 돌아버리겠다고! (실버의 목 뒤로 손을 넣어 끄덕이게 한다) 죽고 싶지? 왜 그때 죽지 못했나, 후회하지? (실버의 목 뒤로 손을 넣어 끄덕이게 한다) 말하고 나니까 속 후련하지?

(실버의 목 뒤로 손을 넣어 끄덕이게 한다) 얘기해 줘서 고마워. 너한텐 어려운 얘기였을 텐데. (닐스가 실버의 목을 조르기 시작한다. 실버가 가볍게 발버둥친다. 목을 조르며, 닐스가 꾸벅꾸벅 졸기 시작한다. 실버 옆에 기대 같이 잠이 든다. 잠시 후, 경광등이 돌아가기 시작하고 사이렌 소리 울리기 시작한다. 보호사 뛰어나온다)

보호사   거기서 뭐 하는 거야?

닐스   어떻게 된 거지?

보호사   빨리 움직여.

닐스   무슨 일이야?

보호사   소방대피훈련. 4번타자는?

닐스   자고 있어.

보호사   아래층 샤워장으로 데려가. 거기가 대피 장소야.

닐스   다른 환자들은?

보호사   자고 있어. 사이렌은 여기만 울리는 거야.

닐스   여기만? 갑자기 왜 이런 걸 하지?

보호사   그 애 자신이 살아있다는 걸, 느끼게 해줘야 하니까. 잊어버리지 않게.

닐스   그냥 떠내려가게 놔두면 안 돼?

보호사   그 애 소원은, 살아남는 거야. 살아남아서 영웅이 되는 거. 바이킹이 되지 못하면, 그 앤 정말로 떠내려갈지도 몰라. 물고기 밥 신세가 되겠지. 이 정신병동을 몇 십 년 동안 표류하게 될지 모른다구.

닐스   그 앨… 그냥 자게 나둬.

보호사   그 앤 정말로 포악한 해적이 돼야 한다고. 자신의 고통을 감당할 수 있게.

닐스가 웃는다.

실버   닐스, 닻을 올려. 돛을 활짝 펼쳐. 폭풍우야….

닐스가 웃음을 멈춘다.

닐스　실버가, 내 이름을 불렀어.

보호사　이름?

닐스　닐스… 내 이름이야.

보호사　실버는 누구지?

실버　(멀미를 하며) 우엑. 배멀미가 나.

닐스　우엑. 우엑.

실버　날 묶어. 떠내려가지 않게. 배가 너무 흔들려.

보호사　실버가 누구냐고?

닐스　내가… 사랑하는….

실버　배가 너무 흔들려. 자꾸 멀미가 나.

닐스　더러운 호모. 추악하고 추잡하고, 역겨운 동성연애자.

보호사　실버는 지금 어디 있지?

닐스　더러운 호모새끼. 역겨워. 구역질 나.

보호사　지금 어디 있지?

실버　깃발을 올려. 돛을 올려!

닐스　바다에, 바다에 있어. 아니 정신병원. 정신병원이야. 호모새끼들은 다 격리시켜야 돼. 아니 바다야. 파도가 쳐. 엄청난 파도야.

닐스가 실버를 이동침대에 묶는다.

치료실 로비로, 지저분하고 결이 해진, 파란 스타킹을 신은 다정이

들어온다. 그녀는 치어걸 복장을 하고 있으며, 여행용 가방을 끌고

있다.

닐스의 묶는 작업이, 절망이 느껴지는 가학적인 행동처럼 보여진다.

그런 모습을 다정이 바라보고 있다.

그리고 거대한 흰 커튼 사이로 들어간다.

흰 커튼이 폭풍우를 만난 돛처럼 펄럭인다.

잠시 후 보호사가 이동침대를 밀며 나온다.

침대에는 닐스가 묶인 채 누워있다.

보호사 　이봐요. 뭐해요? 이거 안 풀 거예요? (닐스의 팔과 다리, 몸통을

　　　　묶고 있던 보호대를 푼다)

다정 　　지금 뭘 하고 있는 거죠? 왜 묶여있는 거죠?

보호사 　방금 전에 치료가 끝났어요. 안 다치게 하려고 묶었어요.

다정 　　무슨 치룐데요?

보호사 　… 이거 안 풀어요?

다정이 보호사를 향해 달려든다. 보호사가 주춤주춤 밀리다가,

다정을 등 뒤에서 강한 두 팔로 꽉 껴안아, 꼼짝 못하게 한다.

보호사 　전기경련요법. 이 앤 전기경련요법을 받고 있어.

다정 　　(발버둥친다)

보호사 　이 애를 도우러 온 건지 알았는데.

다정 　　(발버둥친다)

보호사 　5년 아니 10년 동안, 이 애가 여기 입원해 있길 바래?

다정 　　(더욱 발버둥친다)

보호사 　10년은, 여기선 아주 흔해 빠진 시간이야.

다정은 힘이 빠진 채, 축 늘어진다.

보호사도 두 팔의 힘을 푼다.

다정 6개월 동안 전화번호부에도 나와 있지 않은 수용소들을 찾아다녔어. 행려병자로 죽지나 않았을까, 매일밤 겁을 집어먹으면서… 옆에 있던 사람이 갑자기 사라졌을 때… 그 기분 알아, 당신? 신문 실종자 광고란에 사랑하는 사람 얼굴 보는 그 기분?! 내가 사랑하는 사람 이름이 경찰서 행방불명 신고자 명단에 올라있는 그 기분 알아, 당신?! 이제 찾았으니 됐어. 이제부턴 내가 이 애 보호자야. 데리고 나가겠어. (묶여있는 끈들을 마구 풀며) 일어나, 제발 정신 차려.

보호사 신문 실종자 광고란이나 경찰서 행방불명 신고자 명단에 올라 있지 않아도 많은 사람들이 그냥 평범하게 행방불명인 채로 살아가. 그게 편하니까. 10년은, 여기선 아주 흔해빠진 시간이야. 또 편한 시간이기도 하구.

닐스가 잠에서 깨어난다.

닐스 (보호사에게) 나, 입장권을 끊을 거야. 오늘부터 서울 랜드가 야간개장을 시작한대.

보호사 이 분이 전화번호부에도 나와 있지 않은 수용소들을 찾아다니셨대.

닐스 킹 바이킹 입장권 두 장. 스릴 넘칠 거야.

보호사 행려병자로 죽지나 않았을까, 매일 겁에 질려서.

닐스 그 애가 오늘 퇴원해. 이젠 같이 떠날 거야.

보호사 그동안 니가 실종되었대.

닐스 실종… 무슨 뜻이야?

보호사 행방불명.

닐스   … 무슨 소리야?

다정   왜 쪽지 하나 남기지 않았어? 어디 갈 거면 간다고 말을 하면 되잖아?

닐스   짐 챙겨야겠어.

다정   너 찾으려고 내가 얼마나 많이 무단횡단 했는지 알아?

닐스   (다정을 외면하며 뒤돌아선다)

다정   세상에 너하구 뒤통수 같은 사람이 얼마나 많았는 줄 알아? 그때마다 나 신호등 무시하고 무작정 달렸어. 경찰한테 걸려서 딱지를 얼마나 뗐는 줄 알아? 니 그 철딱서니 없는 얼굴 한 번 보고 싶어서.

닐스   (바지 주머니를 반복적으로 뒤지며) 사물함 열쇠, 열쇠가… 어디… 어디.

다정   왜 한 마디 말도 없이 사라졌어?

닐스   난 널 몰라. 아무 기억도 나지 않아. (주머니를 반복적으로 뒤지며) 대체 너 누구야?

다정   내가 누구냐고? 기억이 나지 않는다구? (여행용 가방에서 요리책을 꺼낸다) 니가 선물한 거야, 나한테. 읽어봐.

닐스   ….

다정   읽어봐!

닐스   (주머니를 뒤지며) 제길, 어디다 둔 거야?

다정   "남편이 만들어주는 요리대백과사전" 니가 나한테 얼마나 많은 음식을 만들어 줬는지 기억을 못 한다구? 쌍둥이 해바라기 앞치마를 걸치고 넌 중국식 꽃게조림 만드는 법을 내게 설명하고 난 꽃게를 다듬고.

닐스   (주머니를 마구 뒤지며) 대체 어딨지… 어딨지… 대체 어딨지,

내가?

다정   10층 옥상 간이야구장, 넌 거기 있어.

닐스   간이야구장?

다정   네온으로 반짝이는 빌딩들이 보이고… 근사한 노을이 지고.

감독도 수비수도 없고

관중도 없는 간이야구장.

내가, 여기까지 누가 올라오겠냐고 막 따지니까,

니가 그랬어. 그래도 한 명만은 올라올 거라고.

내가 그 사람이 누구냐고, 꼬치꼬치 캐물었는데,

넌 한참을 생각하다가… 내 이름을 말했어. 다정.

난 니가 보는 앞에서 춤을 췄어.

닐스   실버가 오늘 퇴원해. 이젠 같이 떠날 거야.

다정   실버?… 어디로?

닐스   입장권이….

다정   거기가 어딘데?

닐스   ….

다정   내가 누구지?

닐스   알게 뭐야!

다정   날 똑똑히 쳐다봐.

닐스   (째려본다) 바람 빠진 배구공으로 보여.

다정   (갑자기, 닐스의 눈에서 눈곱을 떼낸다) 넌 눈곱이 자주 껴. 니 특기잖아. 섹스하는 도중에도 눈곱이 낀 게 보이면 내가 떼냈어.

닐스   젠장! (눈을 더듬어 본다. 눈곱이 있다) 상관없어….

다정은 닐스의 바지 뒷주머니에 손을 넣는다.

그리고 손가락을 꼼지락거린다.

닐스   어어.

다정   메마른 엉덩이.

닐스   손 빼.

다정   니가 좋아했잖아. 이렇게 만지는 걸.

다정은 닐스의 겨드랑이 양쪽에 코를 킁킁 댄다.

닐스   어어.

다정   참 이상하지. 땀을 흘려도 니 왼쪽 겨드랑이에선 냄새가
          안 나.

닐스   (왼쪽 겨드랑이에 코를 가져간다)

다정   오른쪽만 나.

닐스   (오른쪽 겨드랑이에 코를 가져간다)

다정   그치? 그래서 난 니 오른쪽 팔에만 머리를 대고 잠을 자.

닐스   … 난, 난, 누구지?

다정   여기서 널 데리고 나갈 거야.

닐스   난… 널 몰라.

보호사 사랑하는 여자가 찾아온 거야. (사물함 열쇠를 꺼내며) 짐을 챙
          겨줄 테니, 이제 여길 떠나. 사랑하는 여자가, 널 찾은 거야.
          (보호사 치료실을 나간다)

닐스가 킥킥 거리며 웃기 시작한다.

다정	울지 마.
닐스	뭐?
다정	울지 마.
닐스	나 우는 거 아니야. 너무 웃겨서. (귀를 틀어막으며, 웃는다)
다정	이제 그만 울어.
닐스	(더욱 세게 귀를 틀어막으며, 잔잔하게 웃는다) 이렇게 하고 있으면, 웃음소리가 아주 크게 들려. 날… 내버려둘래?
다정	웃지 마.
닐스	날 내버려둘래, 그냥… 아무 일도 없었던 듯이?
다정	널 꼭 데리고 나갈 거야.

다정은 닐스의 귀에서 두 손을 떨어트려 놓고
자신의 가방에서 통장을 꺼내, 닐스에게 던진다.

다정	펼쳐봐.
닐스	돈 따윈 흥미 없어.
다정	펼쳐!
닐스	제길, 내가 왜 니 통장 따윌 봐야하지.
다정	열어! 돈 같은 건 없어.

닐스가 통장을 연다.

다정	읽어, 하나도 빠짐없이.
닐스	고객 7번타자님
다정	그게 니 이름이야.

닐스　계좌번호 790-308893-02-001

　　　　예금과목: 우리 평생예금

　　　　개설일자: 1999-10-3… 발행일자: 1999-10-3

다정　1999년 10월 3일은 니가 내게 프로포즈 한 날. 10층 옥상에 간이야구장을 만들자고 약속한 날이야.

닐스　첫 거래 감사합니다.

　　　　맡기신 금액 이천만 원… 맡.기.신.금.액. 이.천.만.원…

　　　　2000년 3월 1일, 찾으신 금액 천만 원.

다정　3월 1일에 실종신고를 냈어.

닐스　… 찾으신 금액 오백만 원. 찾으신 금액 삼십만 원… 찾으신….

다정　니가 할머니한테 받은 유산들이야. 돈 한 푼 받기 싫어하더니, 결국 이렇게 다 날렸어.

닐스　… 잔액 이십만 원.

다정　그 돈 마저 쓰고 나면, 너 찾고 싶은 마음이 없어질 거라고 생각했어.

닐스　그럼 이 돈, 없는 걸로 쳐.

다정은 지저분하고 결이 해진 스타킹을 벗어 닐스에게 거칠게 던진다. 공중에서 너풀너풀 날리는 파란 스타킹을 닐스가 움켜쥔다.

닐스　날 찾는 데 너무 많은 돈을 쓴 것 같아. 아깝게.

다정　아깝다구. 아깝다구. 전화번호부에 없는 수용소에서, 니가 죽을까봐, 병들까봐 미치는 줄 알았는데?

닐스　… 내가 정말로 행방불명된 니 남자친구라면, 날 어떻게 납

득시킬 거야?

다정이, 가방에서 응원을 할 때 쓰는 빤짝이 치어술들을 꺼낸다.
한 손에 파란 빤짝이 술을, 다른 손엔 빨간 빤짝이 술을 들고
치어춤을 추기 시작한다. 양손에 들고 있던 치어술들을 공중에 띄워
다른 손으로 번갈아 잡으며 춤을 춘다.

다정   어느 쪽이 파란 색이야?

닐스   잘 안 보여. 넌 분명히 반대쪽으로 손짓할 거야.

닐스   (반대쪽으로 손짓한다) 반대쪽이야?

다정   (고개를 끄덕인다) 그래. 빨간색.

닐스와 다정은 여러 번 그 행위를 반복한다.

다정   넌 지독한 색맹이야. 내 스타킹 색깔도 구별 못하는.

닐스   (파란 스타킹을 움켜쥐고 운다) … 스타킹에… 스타킹에 구멍이
         났어.

다정   발가락에 땀이 덜 차던 걸.

닐스   새 스타킹 사러가자.

다정   … 당장?

닐스   당장.

다정   난 니가 그 말 때문에… 날 떠난 줄 알았어.

닐스   (고개를 "아니다"라고 흔든다)

다정   당장… 당장… 당장 날 안아줘. 당장 나한테 키스해. 날 사
         랑한다고 말해, 당장. 지금 당장 나한테 빌어. 내 허락 없이

사라진 거. 행방불명된 거. 실종된 거. 당장 빌어. 당장 날 안아줘. 다신 내 허락 없이 사라지지 마. 날 껴안아줘. 당장! 당장! 당장!

닐스 (껴안아주며) 통장 잔액이…?

다정 이십만 원. 남는 돈으로 취할 때까지 술 마셔. 난, 깔루아 베일리스 그랑마리 윗 부분에 불을 붙여서, 활활 타오르는 칵테일을 마실 거야.

닐스 난… 난….

다정 넌 폭탄주 바카디.

닐스 그래… 폭탄주 바카디. 불이 붙는.

다정 돈이 남으면, 돈이 떨어질 때까지 섹스해. 아무 곳에서나. 당장.

정신과 의사와 보호사가 이동침대를 밀고 들어온다.
거기엔 닐스의 짐들이 놓여있다.

보호사 니 짐들이야. 간이야구장 가는 길은 이 분이 알고 있을 거야.

닐스가 보호사를 향해 달려든다.

닐스 실버는 어떡하지? 실버 말이야! 오늘 퇴원하는데, 이젠 같이 떠날 건데. 같이 떠날려구, 그래서 치료실로 끌고 갔는데. 도대체 난 누구냔 말이야. (정신과 의사에게 달려들며) 난 누구예요? 내가 누구냐구요! 내가 누군지 말 좀 해줘요. 감독님. 말 좀, 말 좀 해줘요, 감독님. 실버!

보호사, 발광하는 닐스를 완력으로 뒤에서 꽉 껴안아, 꼼짝 못하게 한다.
정신과 의사에게서 닐스를 떼어낸다.
닐스는 파란 빨간 치어술을 손에 꽉 쥔다.

닐스 고객 치어리더님! 고객 치어리더님!

(치어술들을 흔들며) 이 빤짝이들이 보이나요?

어느 쪽이 파란 색인지 손짓해 봐요!

손짓해 보란 말이야.

난 알 수 있어. 알 수 있어!

파란 색으로 손짓할 거야.

이 사기꾼!

다정 4번타자는 죽었어. 너의 그 실버는 죽었어. 아직도 그걸 인정 못하니.

보호사 실버는 죽었어.

다정 죽었어.

정신과 의사 내 아들은 죽었다. 그 옥상에서.

내 고집불통의 야구규칙이 그 애를 죽게 했다.

다정이 통장을 찢기 시작한다.
닐스가 손에 움켜쥐고 있던 스타킹을 입에 쑤셔 넣는다.

닐스 제발… 실버가 죽었단 말은 하지 마.

맹세할게! 앞으로 내가 누구냐고 묻지 않을게.

맹세할게! 앞으론 당신들 옆에 있는 나를, 나라고 생각할게.

맹세할게! 세상 사람들이 나라고 생각하는 나로 살아갈게.

절대로 내가 누군지 밝히지 않을 게.

보호사가 닐스의 뺨을 때린다.
닐스의 몸이 이동침대 위로 축 처진다.

보호사 입 좀 다물어. 니 왼쪽 팔목을 봐. 몇 개의 칼자국이 있는지.
닐스 묶어 줘.
보호사 뭐?
닐스 묶어 줘. 떠내려가지 않게. 꽉 묶어.
보호사 닥쳐!
닐스 60초라고 그랬지. 폭풍우에 떠밀려가지 않게 열심히 헤엄칠게. 헤엄칠게요… 묶어, 묶어, 묶어!

닐스가 다시 발광하자, 보호사가 닐스를 침대에 묶는다.

다정 무슨 짓야. 묶지 마. 뭐하는 거야.

다정이 달려들어, 끈을 풀려 하자,
보호사가 그녀를 밀쳐낸다.
다정이 다시 달려들어 닐스에게 매달리지만,
닐스가 몸부림치며 밀쳐낸다.
정신과 의사가 다정을 꼭 안는다.

닐스 설령 니놈들 하는 말이 다 맞다고 쳐. 하지만 그저 행방불명된 놈으로 살아가게 나 둘 수는 없었던 거야. 꼭 날 찾아야 했어? 세상 사람들이 나라고 생각하는 나로 살아가게 하는 게 그렇게 중요해, 니놈들한텐? 대답 좀 해봐.

다정   ….

닐스   나는 누구지? 난 누구를 그리워하는 거지? 난 두려워. 무서워. 실버하구 똑같이 해줘.

다정   (면허증을 닐스에게 주며)운전면허증이야. 너 찾으려고 땄었어. 그래. 니 차례야… 운전 잘 해. 사고나지 말구. 나 다시는 널 찾지 않을게.

닐스   (운전면허증을 보며 이름을 중얼거린다) 치어리더치어리더. 나 이 여자애 마음 알 거 같애. 이 여자애가 싫지 않아. 자, 이제 시작해.

보호사   ….

닐스   안 그러면, 난 죽겠어. 단호하게.

보호사   ….

보호사가 환자 진압용 전기 충격기를 침대 밑에서 꺼내, 닐스의 목 부위에 접촉시킨다.

뒷배경의 흰 커튼이 거칠게 펄럭인다.

닐스가 경련을 한다. 그 경련은 마치 물속에서 헤엄을 치는 것과 비슷하다.

다정이 몸을 떨면서, 정신과 의사 품에서 빠져나와 소방비상 사이렌 버튼을 찾아 누른다.

경광등과 사이렌이 울린다.

보호사가 이동침대를 밀고 급하게 나간다.

암전.

비 오는 소리가 점점 크게 확대되어 들린다.
야구 훈련장이 밝아오면, 정신과 의사가 심판복장으로 심판 자리에 서 있다.
닐스와 보호사가 물에 흠뻑 젖은 채로 야구 훈련장에 서 있다.
보호사는 포수복장으로 포수의 자리를 찾아 앉고,
닐스는 타자의 자리를 찾아 선다.
강속구가 날아오는 굉음이 들린다.
그때마다 정신과 의사는 스트라이크를 외친다.

정신과 의사 스트라이크! 와일드 피치야.

보호사 강속구를 무서워하지 마.

닐스 공이 너무 빨라.

보호사 겁먹으면, 게임은 여기서 끝나.

닐스 오줌이 마려. (바깥쪽으로 발을 뺀다)

보호사 실버를 이제 놔줘. 더 이상 묶지 마.

닐스 오줌이⋯ 마려. 1년 동안 오줌을 누지 못한 것 같애.

보호사 실버가 해적들의 천국 바할라로 혼자 가게 해줘.

닐스 오줌이⋯ 터질 것, 같애.

보호사 바짝 붙어.

닐스 (조금씩 안쪽으로 발을 옮기며) 서울랜드가 야간개장을 시작했어. 입장권을 끊을 거야. 킹 바이킹 입장권. 탈 수 있을까?

보호사 당연하지.

닐스 실버하구?

보호사　… 자, 마지막 9회말야. 이 공격이 끝나면 넌 자유야. 니가
　　　　남자를 사랑하게 되더라도 당당해질 거야.

닐스　　(헛스윙을 한다)

정신과의사　스트라이크.

닐스가 윗도리를 벗는다.

강속구가 날아오는 굉음이 강하게 들린다.

닐스는, 강속구가 날아오는 길을 몸으로 막아선다.

다음 강속구를 기다리며 닐스가 말한다.

닐스　　나는 나를 사랑한다.

　　　　모든 사람들은 날 사랑한다.

　　　　난 내 열일곱을 사랑한다.

　　　　나는 나를 사랑한다.

　　　　나는 나를 사랑한다.

강속구의 굉음이 닐스의 몸을 강타한다.

닐스, 쓰러진다. 잠깐 동안 죽은 듯이 누워있다.

그리고 서서히 일어나서 타석으로 들어선다.

야구방망이를 들고 발바닥을 툭툭 때리는 등, 몸을 푸는 제스처들을

한다.

닐스　　게임을 시작해요.

보호사　플레이 보울울울!

정신과의사　플레이 보울울울!

야구방망이를 들어 올리는 닐스.

투수 자리에 투수로 서 있는 실버의 모습이 닐스에게만 보인다.

막.

〈젊은 날, 어디로 여행을 떠나야 할지 모르던 내게, 연극이라는 거대한 자연의
세계로 이끈, 강렬하고 매혹적이었던 두 분의 선생님께 이 책을 바칩니다.
오태석! 윤대성!

자신만의 세계를 찾아 언젠가 여행을 떠날, 딸 최여름에게
아빠라는 지도를 남깁니다!

"폭풍우에 떠밀려가지 않게 열심히 헤엄칠게!"

무지개 끝에서 키스하는
피투성이 아이들 | 최원종 희곡집 3

초판 1쇄 인쇄일 2024년 1월 14일
초판 1쇄 발행일 2024년 1월 21일

지 은 이   최원종
만 든 이   이정옥
만 든 곳   평민사
           서울시 은평구 수색로 340 〈202호〉
           전화 : 02) 375-8571
           팩스 : 02) 375-8573
           http://blog.naver.com/pyung1976
           이메일 pyung1976@naver.com
등록번호   25100-2015-000102호
ISBN   978-89-7115-837-1   03800
정 가   14,000원

이 도서는 한국출판문화산업진흥원의 '2023년 중소출판사 출판콘텐츠 창작지원사업'의
일환으로 국민체육진흥기금을 지원받아 제작되었습니다.